ルートヴィヒ・ティーク 著
Ludwig Tieck

ブロンドのエックベルト
人生の余剰

Der Blonde Eckbert / Des Lebens Überfluß

マテーシス 古典翻訳シリーズ XVII

高橋昌久 訳

風詠社

目次

凡例

一．本書はルートヴィヒ・ティーク（1773-1853）による Der Blonde Eckbert と Des Lebens Überfluß を Ludwig Tieck, *Der Blonde Eckbert, Der Runenberg*, Reclam, 2007. と Ludwig Tieck, *Des Lebens Überfluß*, Kindle Edition, 2011. を底本として高橋昌久氏が翻訳したものである。

二．表紙の装丁は川端美幸氏による。

三．読書の助けとして本書末尾に編集部が文末注を施した。

四．小社の刊行物では外国語から日本語のカタカナに転写する際は、極力その国の現代語の発音に基づいて記載する方針を取っているが、古典ギリシアの文物に関しては著者の方針を優先し、再建音でカタカナ記載している。尚訳文本文に登場する物は可能な限り脚注にて現在の発音に基づいたカタカナでの発音を記載している。

五．「訳者序文」の前の文言は、訳者が挿入したものである。

六．本書は京緑社の kindle 版第四版に基づいている。

日月を切り落し、天地を粉韲して不可思議の太平に入る

『吾輩は猫である』夏目漱石

訳者序文

今回翻訳した『ブロンドのエックベルト』と『人生の余剰』の作者であるルートヴィヒ・ティーク（Ludwig Tieck, 1773-1853）はドイツ・ロマン主義を代表するような作家であり詩人である。『ペーター・レープレヒト、冒険的なところのない物語』のような長編小説や『フランツ・シュテルンバルトの遍歴』のような芸術性の高い小説で知られている。時のゲーテやシラーなどの作家たち、またフィヒテやシェリングといった哲学者たちと交流しており、文学史や文芸史においても重要性を有する作家だと目されている。

『人生の余剰』を訳そうと思った（そもそもこの作品を知った）のは、ヘルマン・ヘッセの『世界文学文庫』であった。その中にこの作品が推薦本の一冊として取り上げられていたが、ティークの名前は知っているにしてもこの作品は聞いたことがなかった。ドイツ人であったヘッセは必然的な成り行きとしてドイツの文学について特にたくさんの作品を推していた。『人生の余剰』しかり、他にも聞いたことのない作品が多数あった。この作品について調べてみたところ、あまり分量はなく、また『人生の余剰』という題名が面白そうな感じがして訳してみるに至った。『人生の余剰』というのは作品を読み終えてからつけた訳題なのだが、作品が全くわかってなかった段階ではどちらかというともっと大きなエネルギーを持った、戦闘的な作品かと思った。というのも「余剰」の訳の元になったÜberは「有り余る」とか、「溢れ出る」等の意味があり、作品を読む前は「生命の横溢」と題名を訳していた（実際に戦闘的な部分もないではないが）。

それはともかく、実際はどちらかというと節制的、ストア的な作風であった。正直に言えば、不滅の作品や名作という評価をこの作品に与えることはできない。小ぢんまりとしており、終局部がやはりご都合主義的に思えてしまうからだ。とはいえ、小粒な魅力が散在していて、それほど長くないこともあり一通り読んでみる価値はあるだろう。

『人生の余剰』の他、『ブロンドのエックベルト』も併録した。こちらは作者の代表作とも言われ、作品評価としても『人生の余剰』よりはやはり上だと私は思っている。不思議な世界観を持っていて、短い分量ながらどこか不気味な力を宿している。読了すると形容できぬ浮遊感を抱くではないだろうか。ただ釈然としない部分もあって、どうしてエックベルトは作中話とは無関係なのに、最後報いを受けたようなことになるのか私にはわからなかった。報いを受けるはずはベルタの方なのに。どこかが現実ではない夢ということだろうか？

いずれにせよ、ドイツの不思議な作品を楽しんでいただければと思う。

ブロンドのエックベルト

ヘルツェの辺りにブロンドのエックベルトという名でいつも呼ばれていた騎士が住んでいた。大体四十歳ぐらいであり、中くらいの身長になるかといったところで、短くて淡い色の金髪が彼の青ざめてやつれた顔にくっつくように垂れていた。彼はとても静かに暮らしていて、近隣の人たちとの争い事に巻き込まれたことは一度もなく、彼の小さな城の囲壁から外に出ることが目にされることも殆どなかった。彼の妻も同じくらい孤独を愛していて、二人とも心から互いを愛していたように思えたが、ただ天が自分たち夫婦に子供を授けてくれないことにはいつも嘆いていた。

エックベルトが客人から訪問されることは滅多になく、譬え訪問されたとてそれによって彼の日常的な暮らしの流れが変更されることは殆どなかった。節度ある暮らしがそこにあり、素朴さがそれ自体が全ての基礎となっているようだった。エックベルトは客人がいれば陽気で上機嫌だったが、一人でいる時はある種内向的になり、身を引っ込ませるような静かな憂鬱にあったことに人々は気づいていた。

彼の住処に最も頻繁に訪れたのはフィリップ・ヴァルターで、彼が自分の最も好んでいる考え方とおおよそ同じくらいの考え方を持っていると知り、エックベルトは彼と仲良くしていた。ヴァルターは元々フランケン地方に住んでいたが、半年以上もエックベルトの館の近くに滞在することがよくあって、薬草や鉱石を集めてはそれを整理する作業に従事していた。彼には少しばかりの財産を持っていて、それで誰にも依存することなく暮らしていたのである。エックベルトは彼を連れて二人だけで散歩をすることがよくあり、このようにして二人の間には密な友情の絆が築かれていった。

人間は友人に対して今までとても注意深く隠してきた秘密があると、その心はそれを相手と分かち合い、自分の友人に自分の心の底までを打ち明けその分だけもっと親密な関係になりたいというどうにもならぬ衝動を感じ不安を覚えてしまう時があるものだ。そしてその時は柔和な魂は互いを曝け出してお互いのことをもっと知るようになるのだが、同時に、相手のことがわかるようになり物怖じしてしまうこともしばしばある。

エックベルトが霧の生じていた夕方に自分の友人と妻ベルタと一緒になって炉辺の火を囲んで座っていた時、すでに秋になっていた。炎がその明るい輝きを部屋中に照らしていて、天井でその輝きが揺らめいていた。夜の闇が窓から覗き込んでいて、外の樹々は湿っぽい冷気によって震えていた。ヴァルターはこれから遠い帰り道を歩いて行かないといけないことを嘆くと、エックベルトは自分たちのところにこのままいて、心地よい会話をしながら夜が深くなるまで過ごし、家の一室で朝になるまで寝ていくといいと提案した。ヴァルターはその提案に同意し、ワインと夕食が運ばれてきて、木材が追加されたことにより火の勢いも増し、友人同士の会話はもっと陽気で居心地のいいものとなった。

夕食が片づけられ従僕たちが遠ざけられると、エックベルトはヴァルターの手を握って言った。「ねえ、ヴァルター。一度妻の若い頃の話を聞いてもらえないか、とても変わっているかね」。――「ぜひ」とヴァルターが言って、三人はまた炉辺の周りに座った。

今やちょうど真夜中になり、月が流れ去っていく雲からチラチラとその姿を見せていた。「押し付けがましいなんて思わないでね」とベルタは語り始めた。「夫があなたは立派な方だから、何か隠し事をするのは不当だと言っています。ただ私のこれからする話は奇妙に聞こえるでしょうけど、決して作り話だとは思わないでくださいね。

私はある村に生まれた身で、父は貧しい羊飼いでした。両親の家政は良くない状態で、その日のパンをどこから取ってくるかも分かっていなかったことがとても頻繁にありました。でも私がもっと悲しんだことは、父と母が貧しいことに喧嘩をして、互いを激しく非難していたことでした。さらに私は自分がどうしようもない馬鹿な子供で、些細な仕事すらこなせないとずっと言われ続けました。実際私はこの上ないくらいドジで不器用で、手に持っていたものはなんでも落としてしまうし、裁縫や糸紡ぎも覚えることができず、家の家計の助けになることは私にはできませんでした。ただ両親の困窮についてだけはとても良く理解していました。よく私は部屋の片隅に座り、私が突然金持ちになったらどうやって彼らを助けるだろうか、金や銀を彼らに浴びるほどあげて驚いては私を褒めてくれるのではないかと一心に想像をしていました。すると地下の宝物を教えてくれたり宝石に変化する小石をくれたりしてくれる精霊が浮かんでくるのが見えました。つまり立ち上がって何か両親の助けをしたり運んだりしなければいけない時にこのような現実離れした空想に耽っていて、そんな奇妙な空想で頭がぐらぐらしたのでますます仕事を不器用にこなすようになったのでした。

　父は私がいつも家にとって全く役に立たないお荷物だとしていつも怒りを爆発させていて、それが原因で私のことを相当冷酷に取り扱うこともかなりあって、逆に父から好意的な言葉を耳にすることは滅多にありませんでした。このようにして私は大体八歳になり、父は本格的に私が何かをさせたり、学ばせたりすることを決意しました。私が何もせずに無為に過ごしていることはただ我儘で怠け者なだけだと彼は考えていたからです。それで父は表現できないようなやり方で私を脅してきたのですが、私はそれを怖がることはなかったので、父はもっとも惨たらしいやり方で懲らしめながら、私はただ役に立たないだけのやつだから毎日このような罰を加えてやると言っていたのです。

　私は一晩中泣き尽くしていました。私は誰にも全く相手にされてない見捨てられた存在であると感じ、自分の身ながら可哀想な存在に思え、死のうと思いました。夜が明けるのが怖くて、どうすればいいのか全くわかりませんでした。私があらゆる器用さを身につけられたらと願い、どうして知り合いの他の子供たちよりも私は馬鹿なんだと、理解することができず、ほとんど絶望するくらいでした。

　夜が明けようとしていた時、ほとんど無意識な状態で私は起き上がって私たちの小さな家のドアを開けました。そして広々とした野原に出てきて、日がまだ殆ど差し掛かっていない頃にまもなく森の中にいました。私は足を止めることも周囲を見ることもなく進み続け、疲れも感じませんでした。というのも父がまた私に追いつき、逃亡に腹を立ててさらに酷く私のことを扱うだろうと思っていたからです。

森からまた出た時、太陽はかなり高く昇っていて、私の前に深い霧に覆われた何か暗いものがあるのに気づきました。私は丘をよじ登ったり、岩の間のうねった道を歩いていく必要があり、このことによって近くの山の中にいるのだと思い、自分が一人ぼっちでいるのが怖くなりました。というのも私は平地で生まれ育ったのであり、今まで山は見たことがないので、ただ山という言葉を他人が話しているのを耳にするだけで、私の幼い耳にはそれが恐ろしい響きとして聞こえてくるのでした。かといって引き返していくだけの勇気もなく、不安に駆られるまま前へ前へと進んで行きました。風が私の上で樹木の間を通ってそよいでいくたびに、あるいは遠くで木が伐採される音が響く度に、私は恐れ慄いて周りを見るのでした。炭焼き人や鉱夫とようやく出会えて私にはわからない発音で話しているのを聞くと、殆どびっくりして気絶してしまうところでした。

お腹が空いて喉も乾いていたので、いくつもの村を歩いては物乞いをして、質問された時はなんとかうまく答えて場を切り抜けました。このようにしてだいたい四日彷徨ったら小道に入って、大きな通りからは次第に遠ざかっていきました。周囲にあった岩は今まであったものよりもはるかに変わった形のものになりました。ぎっしりと積み重なった断崖で、風が吹いてしまったらすぐにそこから乱雑に投げ落とされてしまいそうな感じでした。このまま進むべきかどうかわかりませんでした。それまでは夜はいつも森の中か、ちょうど一年で一番いい季節であったので、人里離れた羊飼いの小屋で寝ていました。でもここだと人間が住むような所は全く見当たらず、こんな荒野の中ではそんなものに遭遇できるなんていう見込みもありませんでした。岩も私にとってどんどん怖いものになっていき、眩暈がしてしまうくらいの深い谷間を通り過ぎていかなければならず、ついには歩いていた道も無くなってしまうのでした。私はただただ絶望するばかりで泣き叫ぶだけで、その叫び声が恐ろしいものとなって谺《こだま》してくるのでした。いよいよ夜になろうとして、私は苔の生えている場所を探してそこで身を休めようとしました。でも眠りに入ることはできませんでした。夜には奇妙な声が聞こえてきて、私はそれが野獣の声や岩間を抜ける風の嘆き声、あるいは見知らぬ鳥の鳴き声かと思いました。私は祈り、朝になる頃にようやく眠りに入ることができました。

日が顔に当たってようやく私は目を覚ましました。私の前には険しい岩があって、この荒野をそこから出られ、もしかしたら住処を見つけたり人と会えるのではないかと期待してそれをよじ登りました。でも上まで行ったところで、私の目に映る範囲は全て霧によって覆われているのが見えるだけで、空は灰色に曇っていて、樹も草原も一つの薮も見当たらず、見えてくるのは狭い岩の隙間からひとりぼっちに悲しげに生え出てくる灌木がいくつかだけでした。譬え見ると恐怖を感じてしまったとしても、それでも私は誰かを目にしたいと強く思っていて、それはとても表現できないくらいです。それと同時に苦しいくらいお腹も空いていて、腰を下ろして死ぬことを覚悟しました。でもしばらくすると生きたいという気持ちがやはり勝るようになり、力を振り絞って立ち上がり涙を流してため息も時おりつきながら、一日中歩き進めていきました。そして最後には意識も朦朧となり、疲れ切ってしまい、生きようとする望みもいよいよなくなりつつも死ぬことをやはり恐れました。

夕方頃になると、周囲の光景もどこか穏和なものとなり、考えや願いもまた活性化し始め、私の血管に生きようという意志が目覚めました。遠くから水車の廻る音が聞こえてきてように感じると、私は歩みを倍に速め、荒廃とした岩場の終わりまでようやく到着した時の私の安堵は、それはもう大きいものでした。遠くの美しい山々の森や草原がまたもや私の目の前に広がっていました。まるで私は地獄から天国へと進んで行ったような感覚で、ひとりぼっちで誰の助けもない身であることも全く恐ろしいものとは思わなくなりました。

でも実際にあったのは期待していた水車とは違い滝であり、やはり私は大いに落胆してしまいました。私は小川から手で水を掬って一口飲みましたが、その時突然、少し距離を置いたところでちょっとした咳を耳にしました。このような心地よい不意打ちを喰らったことは今まで一度もなく、その咳の声に近寄ると森の端に身を休めているように思えた老婆の姿を見てとりました。彼女は殆ど黒色の服を着ていて、黒い帽子が彼女の頭と顔の大部分を覆っていて、その手には松葉杖を握っていました。

私は彼女に近づき、助けてほしいと懇願しました。そして彼女は私を横に座らせて、パンと少々のワインをくれました。私が食べている間、つんざくような声色で宗教的な歌を歌いました。歌い終えると彼女はついて来なさい、と言ってきました。

その声と人となりがとても奇妙に思えましたが、その言いつけには嬉しく思いました。松葉杖を使っていた老婆はかなり早く進んでいき、歩く度彼女は顔を顰めてしまうものですから、最初のうちは笑わずにはいられませんでした。荒々しい岩場はどんどん私の後ろの方で遠ざかっていき、好ましい平原を超えてから、かなり広い森を進んで行きました。そこを抜け出ると、ちょうど太陽が沈もうとしている頃で、夕方時のその瞬間と気分を私は決して忘れることはないでしょう。全ては柔らかい赤と黄金に溶け込んでしまい、樹々は己の梢と共に夕焼け空に照らされながら立っていました。そして畑の上には魅力ある輝きが照らされていて、森と木の葉はじっと動かないままでした。澄んだ空は開かれた楽園のように見えて、泉のそよぐ水の音や時々生じる木の囁きが、憂鬱気味な喜びのように陽気な静けさを奏でていました。私の若い魂は最初に世界について、そしてその出来事について朧げながら初めて感じ取ったのです。私を案内してくれている老婆のことは忘れてしまい、私の精神と両眼は黄金色の雲の間を様とっていました。

白樺が植えられていた丘を上がっていきましたが、その上からは白樺の木でいっぱいの緑の谷が見えました。そしてその樹々の中に小さな小屋がありました。一匹の敏捷な子犬が元気に吠えながらこちらに近づいてきたら、すぐに老婆の方に跳びつきました。そして尻尾を振っては私の方に近づいてきて四方八方から私を見たら、喜んだ物腰でまた老婆の方へと戻っていきました。
丘から降りていくと、不思議なまるで鳥のような歌が小屋から聞こえてくるように思え、それは次のように歌っていました。

森の孤独
私にとってそれは喜び
今日も明日も永遠の中で
私は森の孤独を喜ぶ

Waldeinsamkeit
Die mich erfreut
So morgen wie heut In ewger Zeit
O wie mich freut Waldeinsamkeit

このような短い歌詞が絶えず繰り返されていました。この歌の調子について説明するならば、それはホルンとシャルマイ[1]が遠くから協奏してくると言えるでしょうか。

私の好奇心は異常なくらい高まっていたので、老婆の命令を待つこともなく、小屋の中へと入っていきました。黄昏時にすでになっていて、全てはしっかりと整頓されていて、杯がいくつか壁掛けの上に置かれており、机の上には奇妙な容器が置かれていました。窓に掛けられている煌めく籠の中には鳥が一羽入っていましたが、それこそが先ほどの歌を囀っていたのでした。老婆は喘いでは咳をしていて、それはとてもおさまりそうにはなかったのですが、子犬を撫でたり鳥と会話をしたりしていました。鳥は彼女にあのいつもの歌だけで答えていました。ともかくまるで私は彼女の側には全くいないかのように振る舞っていました。そんな彼女の様子を見ていると、私は大いに身震いしました。というのも彼女の顔は絶えず動いていて、年齢のせいか頭も揺り動かしていて、彼女の本来の顔つきはどのようなものか全くわからなかったからです。

老婆はようやく落ち着きを取り戻して部屋の光を灯し、とても小さな机に覆いを被せて夕食の準備をしました。そして今度は私の方に顔を向けて、編まれた藤椅子に座るように言いつけました。それで光を二人の間に挟む形で、互いに密に向かい合うように座ったのです。彼女は骨ばった両手を組み合わせて大声で祈りました。その間も彼女は顔を引き攣らせたので、私もまた殆ど笑いかねない様子でしたが、彼女を怒らせてはならないと思いとても気を遣いました。

夕食の後もまた祈りを捧げ、私に天井が低くて狭い部屋のベッドで寝るように言って、彼女の方はその部屋で寝ました。私はそう長くないうちに眠りに入りうとうとしましたが、夜中に何度か目を覚ましてしまいました。その時あの老婆が咳をして犬と話をしているのが聞こえてきて、その合間に寝ぼけている様に思われる鳥が例の歌の幾つかの歌詞を変わらず歌っていました。それは窓の前でざわめいている白樺と、遠くのナイチンゲールの歌ととても神秘的に織り混ざっていて、私は目を覚ましているのではなくただまた別の奇妙な夢の中に入っているという気がしたのでした。

朝になると老婆が私を起こして、すぐに仕事をするように言いつけました。糸紡ぎを命令されましたが、すぐにその技術を身につけることができました。それに加えて彼女の犬と鳥の世話もすることになりました。家事のことはすぐに上達して、身の回りのことは全部わかるようになりました。全てが当然のことのように今となっては私に思われ、老婆が奇妙な存在であるということ、この家は変わっていて他の人間たちから遠く隔離されていること、鳥も尋常ではないこと、等々も考えなくなりました。鳥の美しさはいつもつい目を向けてしまうくらいで、その羽はとても彩り豊かに輝いていますし、その首と腹は最も美しい淡青色と最も燃え盛る赤色が混ざり合っていて、歌を囀る時も誇り高いように身を膨らませるので、その羽毛はより鮮やかに見えるのでした。

老婆はよく外に出て晩になってようやく帰ってくるのですが、その際に私が犬を連れて彼女を迎えた時、彼女は私のことを我が子だとか我が娘だとか言いました。私たちの心は、特に子供の頃は、なんでも慣れてしまうもので、私はついに心から彼女を愛するようになりました。夕方に彼女は私に読むことを教えてくれ、その技術も容易く覚えて、その技術は後々に私の孤独の時に尽きることのない楽しみの源泉となりました。というのも彼女は古い写本を何冊か持っていて、そこには不思議な物語が描かれていたのでしたから。

当時の私の暮らし方を思い返すと、いつも奇妙な感じがしてしまいます。誰もそこを訪問する人はおらず、ただこの一家だけがその土地の者だと言えました。というのも犬や鳥も私が長い期間関係を築いていた存在であるのと同じような印象を受けたからでした。ですがあれだけ当時呼んでいたのに、あの犬の変わった名前についてはどうしても思い出すことができません。

四年間、私は老婆と一緒に暮らし、私が大体十二歳の頃、ついに彼女は私のことを信頼してくれある秘密を打ち明けてくれました。それはあの鳥が毎日卵を産むのですが、その卵には真珠や宝石が入っていたのです。私はすでに彼女がこっそりと檻をいじっていたことには気がついていたのですが、具体的に何をしているかまでは気にしていませんでした。彼女は私に、不在の時に私がその卵を取り出して変わった容器の中に保管してように言いつけました。それ以来老婆は私に食事だけは残していき、今までよりも長く、何週間も何ヶ月間も家に不在でした。私の小さな糸車はゴロゴロ鳴り、犬は吠えて、あの不思議な鳥は歌ったりしたのですが、周囲は全て平穏としていて、私がそこにいた時間は一貫して嵐や暴風が発生したことはありませんでした。その場所まで迷ってくるような人もいませんでしたし、野獣もその家の近くまでくることはなく、私は来る日も来る日も満足気に仕事をしていました。――人は、自分の人生を誰にも邪魔されることなく最期の時まで過ごすことができたのなら本当に幸福になるのではないかと思います。

私は読んだわずかな本から、世界や人間についてとても変わった捉え方をしていました。つまり、全てを私と私の仲間に当てはめていたのです。楽しい人間についての話となれば、それは小さなスピッツそのものだと思ったし、華麗な婦人についてはあの鳥をそのまま思い浮かべてしまい、年取った女性となればそれはあの不思議な老婆と看做したのでした。恋愛物語についてもいくつか読んでおり、想像を巡らせながら変わった物語で私は戯れていました。世界で最も美しい騎士を頭で拵えてはそれをあらゆる美点を装飾させたのですが、それだけの労力を注ぎながらもその人の外見がどのようなものなのかはしっかりとはわからなかったのです。――でもその人が私の愛に応えてくれなかったならば、私は自分のことがとても可哀想になりました。そして相手の気を惹くために、時々頭の中で大声で心動かす長い言葉を言うのでした。――笑っておられますね！私たちは全員もうとっくに若い時代は終わってしまっているのはもちろんですからね。

今となっては一人でいると自分が家の主人でいられるわけですから、その方が自分にとって好ましく思えるようになりました。犬もとても懐いてくれていましたしやって欲しいことも全部やってくれましたし、鳥は私のする質問に全部あの歌で答えてくれましたし、私の糸車ますます威勢よく唸り、私としても心の奥底では今ある環境を変えたいとは望んでいませんでした。老婆が長い遠出から帰ってくると、私の家政がここに来てからよりもずっと良くなっていると言って私の心配りについて褒めてくれました。そして私の成長と元気そうに見えることについて喜んでくれ、それこそ自分の娘のように私に接してくれました。

「行儀のいい子だね、お前は！」と彼女はゴロゴロ喉を鳴らしながらある時言いました。「そのようにやっていけば、ずっと上手くやっていけるだろうね。でも正しい道から逸れてはいけないよ、すぐには受けないにしてもその後に罰を受けることになるからね」。——そう彼女は言いつつもそれほどそれを気に留めることはありませんでした。というのも私は全身活動しっぱなしで、芯まで活性していたのですから。夜になるとその言葉が私の脳裏に浮かんできましたが、彼女がその言葉で私に何を伝えたかったのかは理解できませんでした。一語一句厳密に注意を向けましたが、富について書かれた本を今までよく読んだことがあったので、やがてあの真珠や宝石はどこか貴重なものではないかと思うようになりました。この考えはすぐにはっきりしました。しかし正しい道というのは一体どういうことだったのでしょうか?あの言葉の意味は未だに理解できない状態にありました。

私は今や十四歳になっていて、人間が分別を身につけると魂の純潔さを失われるのは人間にとって不幸なことです。というのも老婆が不在の時に鳥と宝石を奪い、私が今まで読んでいた世界へと乗り出すことを、私がその気になればやれることをわかってしまったからです。それに、私の脳裏に今も刻まれているとても美しい騎士と出会うことだってあり得るじゃないですか。

最初はこの考えは他の考えとは別に際立ったことがあったわけではありませんが、私が糸車の前に座っている時はいつも私の意志に反して浮かんできて、私が華麗に美しく身を飾り、騎士や王子たちに囲まれている自分の姿を浮かべてはそれに没頭してしまいました。そして我を忘れていて、再び気を取り戻して見てみると自分が小さな住処にいることに本当に悲しくなってしまいました。その一方、私はやるべきことをやっていれば、老婆は私のことについて何も気にすることはありませんでした。

ある日、私の主人はまた外出することになり、今度はいつもよりも長い間家を不在にするから、何事にもしっかり気をつけて仕事をサボらないようにと言いました。私はある種の不安で彼女と別れ、というのも老婆とはもう会えないような気がしたからです。私は長い間老婆を見送って、自分でもどうしてこんなに不安なのかがわかりませんでした。私の計画が、はっきりとはその内容が私にはわからないにも拘らず、私の目の前にあるようでした。かつてないくらい私は鳥と犬の世話を熱心にやりました。なぜならそれが今までないくらいに愛おしい存在として私に映ったからです。老婆が家を不在にしてから数日後、私は鳥を連れて小屋を出て世界に乗り出そうと強く決意しました。でもそのように決意すると私にとって胸が締め付けられるような思いがして、ここにやはり留まり続けようという望みも出てきましたが、それもやはり嫌だと感じました。私の魂で、二つの仲の悪い妖精が争っているような、奇妙な戦いがありました。ある時には平穏な孤独がとても素晴らしいものに思えたら、次には素敵なものがいっぱいの新たな世界についてまた胸を焦がすのでした。

私は自分でどうしたらいいのかわからず、犬はずっと私の方に飛びついてきますし、太陽は平原上を明るく照らしていて、緑の白樺は煌めいていました。私は何かをすぐにこなさないといけない気がしてきて、子犬を掴んでは部屋に縛りつけ、鳥の入っている檻を抱えました。犬は背を曲げてこの今までにない扱いについてクンクン鳴き、私を懇願するような目つきで見ていたのですが、私はその犬を連れて行くことが怖かったのでした。私はただ宝石が詰まっている数ある容器のうち一つを取りそれを懐に入れましたが、残りはそのままにしました。

私が鳥と一緒にドアから外に出ようとした時、その鳥は奇妙なやり方で振り向いて、犬の方は必死になって私の後をついて行こうとしましたが、その犬は家に残るしかありませんでした。

私は荒れた岩場へと向かう道を避けて、その反対の道を進んで行きました。犬は相変わらず吠えてクンクン鳴いていたので、私にとっては本当に可哀想に思え、鳥は何度か歌い始めようとしましたが、私に抱えられていたからでしょう、気分がすぐれていなかったゆえに歌うことはありませんでした。

私が進んでいくうちに犬の吠え声はどんどん小さくなっていき、ついには全く聞こえなくなりました。私は泣き始めてほとんど引き返そうと思ったくらいですが、新しいものを求める欲望が私を前へ前へと進ませていきました。いくつかの山と森とを超えると日はすでに暮れていて、ある村で宿泊する必要がありました。宿屋に足を踏み入れた時、私の相当疲れ切っていたのですが、宿の主人は部屋とベッドを一つ私に充ててくれ、私はぐっすりと眠ることができました。ただ老婆が夢の中に出てきて、私のことを脅かしつけました。

私の旅はかなり単調でしたが、進んでいけばいくほど老婆と子犬のことについて不安になるのでした。犬は私の助けがないので餓死してしまうに違いないと思えましたし、森の中で突然老婆が私の前に現れては私に向かって歩いてくるような気がしてなりませんでした。こういう状態で、涙を流したため息をつきながらも来た道を後にして進んでいきました。一休みして檻を地面に置くたびに、鳥はあの不思議な歌を囀り、私はそれを聴いては置き去りにしてきたあの美しい場所についてとても懐かしく思い返すのでした。人間の本質は忘れやすいものですが、子供の頃の私の以前の旅は今のそれよりもこれほどは悲しくないものと思い、またあの頃に戻りたいと思いました。

私は宝石をいくつか売払い、何日も旅をしてある村に到着しました。その村に入る頃から奇妙な気分になり、不意に驚きながらもその理由がわかりませんでした。しかしその理由はすぐにわかりました、それは私が生まれた村だったのです。その時の驚きといったら！多数の奇妙な思い出が蘇ってきて、喜びのあまり涙が頬を流れていきました！村の様子はだいぶ変わって新しい家も建てられていましたし、当時建てられていた家は今となっては崩れ落ちていましたし、中には火事に遭ったものも目にしました。全ては私が思っていた以上に小さく、緊密になっているような感じでした。あの小さい家が見つかり、よく知っている敷居やドアの取手はあの時と変わることなく、まるで昨日そこにもたれかかったようでした。私の心臓は激しく鼓動し、慌ててドアを開けました。――でもそこには全く見知らぬ顔が座っていて、こちらの方を睨んでいました。私は羊飼いのマルティンのことについて尋ねると、ある人が彼は母と共に三年前にすでに亡くなっている旨を言いました。――私はすぐにそこを離れ、大声で泣きながら村を出て行きました。

私は自分の富と共に両親を驚かしてやろうと、楽しく空想していました。奇妙な偶然によって子供の頃にただ夢見ていたことが現実になっていたからです。――ですが今となっては全てが無駄で、両親たちは私と一緒に喜びを共にすることはできず、私は人生で常に一番望んでいたことはもはや永遠に叶えられないこととなりました。

私はある心地よい街で庭付きの小さな家を借りて、女中も一人雇いました。世界は私が思っていたほどはいいものとは思えませんでしたが、私は老婆とあの小屋にいた頃のことは大分忘れ、大体は満足して暮らしていきました。

鳥はもう長い間私に歌うことはありませんでしたが、ある夜突然それを囀り始めて私は少なからず驚きました。しかも今度は以前とは違う歌だったのです、その歌は次の通りでした。

森の孤独
どれほど遠いものか！
いつの日か
お前は後悔するだろう
比類なき喜び
森の孤独！

Waldeinsamkeit
Wie liegst du weit!
O dich gereut Einst mit der Zeit
Ach einzge Freud
Waldeinsamkeit!

私はその夜ずっと眠ることができませんでした。全てがまた私の中で浮かんできて、私は今まで以上に悪いことをしてしまったと思うようになったのです。起きた時、鳥の私への眼差しが非常に不快なもので、いつも私の方に目を向けているのでその存在が私を不安にさせるのでした。その歌の囀りをやめることはなく、むしろ今まで以上に大声で響くように歌うのでした。それを見れば見るほど、私は不安を覚えるのでした。私はついに檻を開けて手を突っ込み、その首を掴み指を強く押しました。鳥は哀願するように私を見たのでそれを放しましたが、すでに死んでいました。――私はその鳥を庭に埋葬しました。

今となっては女中にも恐れを抱くことが頻繁にあり、自分のことを思い返してみれば将来彼女は私から何かを盗んだり、ついには殺してしまうのではないかと思ったのです。――だいぶ前から私はとても好きになっていた若い騎士と知り合い、結婚することになりました。――そしてヴァルターさん、ここで私の話は終わります」

「あの時の彼女を君に見せたかったよ」とエックベルトが慌ただしく口を挟んだ。「彼女の若さと美しさと、とても表現できないような魅力を彼女の孤独な躾でどのように養われたかをね。彼女は私にとってまるで奇跡で、何にも増して私は彼女のことが好きになったんだ。私には財産がなかったが、彼女の愛によってこのように裕福になり、一緒にここに引っ越してきたんだ。そして今まで結婚を後悔したことはほんの一度もないんだ」

「でもお喋りをしているうちにだいぶ夜も更けてしまいましたね」とベルタが切り出した。「――もう寝ることにしましょうか」

彼女は立ち上がり部屋の方へと行った。ヴァルターは彼女の手にキスをしておやすみの挨拶をし、「奥様、どうもありがとうございました。あなたがあの変わった鳥とあの小さなシュトローミアンに餌をあげている姿がありありと浮かぶようですよ」

ヴァルターもベッドに入り、ただエックベルトが落ち着かない様子で広間を行ったり来たりしていた。――「人間とはただ愚かではないのだろうか？」とやがてこう独り言を言い始めた。「最初妻に身の上話をする様に切り出したのは私の方で、そのように信頼したことを今やそれを後悔しているのだ！――彼はこの話を悪用しないだろうか？誰かに伝えないだろうか？実際どうかはわからん。というのも人間の本質なんてそんなもので、私たちの宝石を盗もうという冒涜の欲望を抱きこっそりと計画を立てたりしないだろうか？」

ヴァルターがあのような親密に打ち明け話をされたのだから、寝る挨拶をする時ももっと真心がこもったものでもいいのではないかとエックベルトは気掛かりだった。心が一旦疑念に囚われると、あらゆる些細なことにもその疑念が正しいと捉えるようになるものだ。エックベルトは誠実な友に対しての不埒な不信について己を非難したが、それを抑え切ることはできなかった。彼はそのような想いを一晩中考え抜いていて、ほんの少ししか眠れなかった。

ベルタは病気になり次の日の朝食に姿を現すことができなかった。ヴァルターの方もそのことをそんなに気にかけていないようで、エックベルトとも比較的無関心気に別れるのであった。エックベルトは彼のそうした態度を理解しかねた。彼は妻のところに行ったが、彼女は熱を出して寝ており、昨晩の身の上話によって緊張してしまったのが熱の原因だと言った。

この晩以後、ヴァルターは友人の家を訪ねることはほとんどなかった。譬えやってきたとしても、他愛のない話をいくつかしてまた帰っていった。エックベルトは彼のそんな態度に極度に不安を募らせた。ベルタとヴァルターには何も気づかれないようにしていたが、誰の目にもとっても彼が内心落ち着かない状態にあるのは明らかだっただろう。

ベルタの病はどんどん重くなっていった。医者も不安を覚え、彼女の頬の赤みは消失してしまって、その目もだんだん熱っぽくなっていった。――ある朝、彼女は夫をベッドに呼び寄せ、女中は部屋を出なければならなかった。

「あなた」と彼女は切り出した。「些細なことだと思うかもしれませんがあなたに何かを打ち明けなければなりません。でもそれはほとんど私の知性を砕いてしまい、私の健康も悪化させたものです。――私は自分の子供時代について話す時、どんなに頑張っても長いこと一緒に過ごしたあの小さな犬の名前を思い出すことができなかったことはあなたも知っているでしょうが、あの晩ヴァルターは別れる際にこう言ってきたのです。『あなたがあの変わった鳥とあの小さなシュトローミアンに餌をあげている姿がありありと浮かぶようですよ』とね。これは偶然なのですか？彼はたまたまその名前を当てたのか、それとも実は知っていて意図して言ったのでしょうか？だとしたら、彼は私の運命とどのような関係があるのでしょう？この奇妙さについては私のただの空想だと思い込もうとすることも時おりありましたが、でもそれは確実なこと、ただただ確実なことです。見知らぬ人が私の記憶を思い起こす助けとなるなんて、余りに驚いて腰が抜けてしまいました。あなたはどう思う、エックベルト？」

エックベルトは病気の妻をまざまざと見たが、何も言わずに考え込んだ。そして慰めの言葉をいくつかかけてからそこを出ていった。そして離れた部屋で、形容し難い落ち着かなさでそこを行ったり来たりした。ヴァルターは長年彼にとって唯一の友人だったが、今となっては自分を圧迫し苦しめる世界で唯一の人間になっていた。この唯一自分を苦しめる者を取り除けることができたなら、どれほど喜ばしく気持ちが晴れるだろうと彼は思った。彼は石弓をとって、気晴らしのために狩りへと出かけた。

それは天候の荒れた冬の日であった。山の上には雪が深く降り積っていて、木の枝を垂れさせていた。彼は額に汗をかきながら歩き回って、獣と遭遇することはなく、それが彼の不快感を増加させた。突然遠くで何かが動いていることを見てとったが、それはヴァルターで、彼は木の苔を採集していた。自分でも気づかぬうちにエックベルトは弓を構えていたが、ヴァルターは振り返って無言の仕草は相手を脅かそうとした。だが弓矢はその瞬間に放たれて、ヴァルターは倒れた。

エックベルトは安堵した気持ちになったが、次には身震いに襲われ自分の屋敷へと帰っていった。森の奥にまで彷徨い込んでいたので、だいぶ歩くことになった。屋敷に戻ってきた時、ベルタはすでに死んでいた。死ぬ前に彼女はヴァルターと老婆についてたくさん話したとのことだった。

　エックベルトは今や長い時間、一人ぼっちで過ごさないといけなくなった。彼は妻が死去する前から憂鬱な状態になっていた。それは妻のあの奇妙な話を聞いて、不幸が発生することを恐れていたからだ。

　さらに今は完全に自己嫌悪に陥っていた。友人を殺したことがいつも目の前に浮かんできてしまい、良心の呵責にいつまでも苦しむようになった。

　気分を晴らすために、彼は時々一番近い大きな街へと出掛けていき、そこでの社交界や宴に出席した。誰か友人を作り、心の虚しさを埋めようとしたのだ。だがヴァルターについてまた思い返すと友人を作ろうとする考えに物怖じしてしまうのであった。というのもどんな友人を作ろうとしてもただ不幸になるだけだと確信していたからだ。ベルタとはもう長い間、幸福に平穏に暮らしてきて、ヴァルターとの友情によっても長年ずっと喜ばしい気持ちでいたのに、今では両方とも突然自分から引き離されてしまい、まるで自分の人生が実際の人生というより何か奇妙な創作話であるように思えることが多々あった。

　フーゴーという若い騎士が無言に悲しんでいるエックベルトと付き合うようになり、彼には本当の友情があるように感じられた。エックベルトはこの予想していなかったことに驚きを覚えたが、期待していなかっただけに相手の友情をすぐに応じるのであった。二人は今ではよく一緒にいて、その新しい友人はエックベルトにあらゆる好意を示すので、一緒に馬で遠出する時も片方が欠けることはなかった。またあらゆる社交の場でも二人は一緒にいて、まるで不可分一体だとも思われた。

エックベルトが楽しい気分でいられるのはいつもほんのわずかな時間だけであった。というのもフーゴーは誤解から彼を好んでいてくれたことは明らかだったからだ。フーゴーは彼のことは知らず、身の上についても知らなかった。それでエックベルトは自分のことについてすっかり打ち明けたい衝動にまたもや駆られ、それによってフーゴーが本当に自分の友人なのかどうか確かめることができるからだ。だがそう思うと、ためらいと嫌われるのではないかという恐れが彼の行動を押し除けてしまうのであった。多くの時間、エックベルトは自分が卑しい存在だと強く思っていたので、自分のことを少しでも知っている人なら誰でも自分を尊敬するはずがないと信じていたのだ。だが自分の思いを抑え切ることができず、ある時二人で馬に乗って遠出していた時、自分のことについて全て友に打ち明けて、殺人者を好きになれるかどうか尋ねるのであった。フーゴーは心動かされ、エックベルトを慰めようとした。エックベルトは安堵して彼の後をついて街まで行った。

だが相手を信頼したと思ったら疑念に囚われてしまうのがエックベルトの受けた劫罰であるように思われた。というのも二人が広間に入るや否や、多数の蝋燭の灯りで目に映った友人の表情が彼にとって気に食わなかったからだ。どうも友人が意地悪な笑みを浮かべているように エックベルトには思えて、また自分とは少ししか話さず、そこに居た他の人たちとたくさん話をしながら、自分のことは省みなかったことが奇妙に思えた。その社交の場にはエックベルトにいつも敵意を向ける老いた騎士がいたのだが、いつもその人はエックベルトの富や妻について色々と訊いてくるのであった。フーゴーはこの騎士の相手をして、こそこそとエックベルトの方を指しながらしばらくの間二人で話していた。これによって自分の疑念が本当だと確信し裏切られた気分になり、恐ろしい怒りが全身を襲った。相手の顔をじっと睨みつけると、突然フーゴーの顔がヴァルターのものに見えた。細々とした表情、さらにはよく知っていた体つきも全てそっくりで、老騎士と話していたのはまさにヴァルターなのだとそれを見て確信するのであった。彼の驚きと言ったら筆舌に尽くし難かった。我を忘れエックベルトはそこから出ていき、まだ夜が明けぬのにその街を去り、何度も道に迷いながら自分の屋敷の方へと戻りつくのであった。

まるで落ち着かぬ幽霊のように部屋から部屋へと彼は走り回り、いかなる考えも彼を押し留めることはなく、恐ろしい想像からもっと恐ろしい想像へと陥り、眠ることもできなかった。自分が狂っていて、全ては自分の空想が創り出したものだと考えることはしばしばであった。そして彼はまたヴァルターのあの表情が思い返され、全てがもはやわからなくなってしまった。そこで彼は自分の空想に正気をとり戻させる為に、旅に出ようとした。友情を考えたり、交際を望むことはもはや永遠に諦めていた。

どこへといくかを決めることなく彼は進んでいった。周囲の、目の前の風景を気に留めることもほとんどなかった。可能な限り馬を速く数日進めると、岩場の曲がりくねった道に迷い込んでしまい、どこにも出口を見つけることはできなかった。やがて一人の老いた農民と出会い、滝を越えていく道を示してくれた。エックベルトはそのお礼として小銭をあげようとしたが、農民の方はそれを断った。――「一体これはなんだ」とエックベルトは独り言を言った。「この農民が正しくヴァルターに思えてしまいそうだ」。――そしてもう一度振り返ってみると、本当にヴァルターだった。――彼は馬を叩き出来る限り速い速度で、平原や森を駆け抜けていったが、ついに馬は疲れ切ってしまい倒れ込んでしまった。――だがそれでもエックベルトは足での旅を続けるのであった。

彼は夢見心地で丘を登っていった。近くで元気のいい吠え声が聞こえてきたようで、同時に白樺もざわめき、次のように歌う不思議な声色が耳に入ってきた。

森の孤独は
私をまた喜ばせる
私には悩みも生じず
ここには羨望もない
またもや私は喜ぶ

森の孤独を

Waldeinsamkeit Mich wieder freut
Mir geschieht kein Leid
Hier wohnt kein Neid
Von neuem mich freut
Waldeinsamkeit

ついにはエックベルトの意識と分別がなくなった。自分が今夢を見ているのか、それともかつてベルタという女のことについて夢を見ていたのかその判断がつかなくなっていた。最も不可思議なことが最も日常的なことと混ざり合い、周囲の世界に魔法がかけられ、思考を巡らせたり思い返すことができなくなった。

松葉杖を抱えた背の曲がった老婆が、咳をしながら忍び足で丘を登ってきた。「私の鳥を持って来てくれたかい？私の真珠も？私の犬も？」とエックベルトに向かって叫んだ。「ほら、悪事には罰が跳ね返ってくる。お前の友人ヴァルターでもあり、フーゴーでもあったのはこの私さ」

「ああなんてこと！」とエックベルトは独り言を言った。「なんて恐ろしい孤独の中で私は今まで過ごして来たんだろう私は！」

「そしてベルタはお前の妹だったんだ」

エックベルトは地面に崩れ落ちた。

「どうしてあいつは私を騙して去っていったのか？彼女の見習い期間はもう終わってしまっていたのだから、万事めでたく終わっていたはずなんだがね。彼女はある騎士の娘だったんだけれど、その騎士は彼女を羊飼いとして教育させようとしたのさ。そいつがお前の父だったんだ」

「どうしてそんな恐ろしい考えを、いつも私は予感していたのだろう？」とエックベルトは叫んだ。

「それはお前がもっと若い時に、お前の父が一度そのことを話したのを耳にしたことがあるからさ。彼は妻のいる前で自分の娘を育てることは出来なかったのさ、何せその娘は他の女と儲けたものだからね」

エックベルトは狂ってしまい、地面に倒れて瀕死の状態になっていた。老婆の話し声、犬の吠え声、鳥のあの歌を繰り返す囀りが、朧げに錯綜する形で耳に入ってきた。

人生の余剰

厳しい寒さの冬の、二月の終わり頃のある日に奇妙な騒動があった。その騒動の成り立ち、展開そして落ち着いていった経緯について、未だかつてないほどの奇妙で矛盾を孕んだ噂がその地域を駆け巡った。説明しようとする対象についてよく知らないのにそれを語ったり説明したりする場合、人はいつもその内容に大げさな色合いを添えてしまうことは必然である。

かなりの人が住んでいる郊外の最も狭い通りにおいて、かつてない出来事が生じたのであった。ある人は謀反や反乱が生じそれを警察が取り締まったとし、ある人は無神論者がまた別の無神論者とキリスト教徒を根絶しようと手を組み、官庁に執拗な攻撃を行いそれはあまりに長く続き、やがて孤独の中でもっと適切な原理や確信を見出したとした。彼は以前から自分の家には古い鍵を二重に掛けていて、それどころか大砲も用意して家を防衛しようとしていたが、彼が降伏するよりも前にそこで血なまぐさい争いがあり、教会の役員会が刑事裁判所の如く彼の処刑を執行しようとしたのだ。政治に通じている一人の靴屋は、逮捕されたその人はスパイであり、ヨーロッパで緊密な関係を結んでいる多数の反乱者たちと関わりのある多数の秘密組織の長であると主張していた。彼はパリやロンドン、スペインにおいて東欧諸国と同じくらい情報網を敷いていて、インドの極地において恐ろしい反乱が勃発し、そしてコレラがヨーロッパに流行したように、あらゆる燃料物に火を灯そうとした、というのである。

一軒の小さな家から生じた騒動は多数の事がもたらされ、それに対応するために警察が召還され、そこの住民が騒然とし、名を馳せている人物がその騒動に関わっているとされたが、しばらくしたらそういった騒ぎも結局その全容が分からずじまいのままおさまっていった。肝心のその家で破壊行為が行われたことは誤解のしようがなかった。皆はそこで起きた事について、気まぐれや空想に基づいて説明していた。大工たちは家で生じていた損傷を修繕した。ある一人の男がこの家に住んでいたが、近隣の人たちは誰も彼について知らなかった。彼は学者だったか？政治家だったか？隠者だったか？よそ者だったか？誰もその正体はわからず、一番賢い人間ですら満足の行く説明をすることはできなかった。

この未知の男がとても静かに引きこもって暮らしていた事はよく知られていて、彼が散歩をしたり、公共の場所に赴いている姿を見せたことはなかった。彼はまだそれほど年老いてはおらず、恰幅はよく、彼の孤独な生活で供をしていた若い妻は、その姿を見れば美人だと思ったことであろう。クリスマスの頃に、この若者が自分の部屋で暖炉の間近に座って、妻にこう語っていた。「わかってるよね、愛しのクララ。俺がジャン・パウルの『ジーベンケース』をどれほど好んでいて敬意を持っているか。作品のユーモアが俺が置かれている状況において、どのようにして俺の助けとなってくれるか、それはまだ謎のままだよ。クララ、今ではもう万事休すのように思えてしまうのは正しいことだよね？」

「確かに、大好きなハインリヒ」と彼女は笑いながらもため息をついて答えた。「あなたが朗らかで喜んでいるままなら、あなたの近くにいても不幸な思いをしなくて済むわね」

「不幸や幸福なんて空っぽな言葉さ」とハインリヒは答えた。「お前が実家から出て俺についてきてくれた時、お前が優しくも俺のためにあらゆる心遣いを尽くしてくれた時、俺たちの生涯における運命は決まってしまったんだ。愛して生きるが今や俺たちのモットーなのさ。どのように生きていくかなんて、全くもってどうでもいいことなのさ。そして今強き心からこう問いたい、一体ヨーロッパ全体で俺が感じている感情を全く正当に力一杯口にできる自分よりも幸福な人間なんているんだろうか、ってね」

「ほとんど全て足りてない」と彼女は言った。「私たち自身だけはここにあって、あなたと一緒に結ばれているけれど、あなたは豊かだと感じないいんだ。あなただって知っていたでしょう、私が父さんの家から出ていく時何もなっていくことができなかったことに。だから私たちの愛は貧乏と一緒になることが当然だったたし、この小さな部屋で、お互い会話しながらその愛する眼差しに目をじっと向けることが今の私たちの生活なの」

「その通りだ！」とハインリヒは叫んで喜びながら跳ね上がり、その美しい女を勢いよく抱擁しようとした。「あの上流階級の集まりの只中で、そのやり方に全て従っていた時は俺たちはどれほど掻き乱され、永遠に離れ離れになり、孤独に陥りながら気晴らしをしていたことだろう。あそこにある眼差しや会話や握手や考えはなんたるものだったか！あんなお世辞やそう言った言い回しをするなら、人は動物や操り人形ですら調教したり躾けたりすることができる。俺たちだってそうじゃないか、クララ。俺たちは楽園の中のアダムとエヴァであり、俺たちをそこから追放するような天使たちの余計な訪れなんてここにはないんだ」

それに対して彼女は何か小さい声で喋り、完全に枯れてしまった木材を用意し始めた。「この冬は今までの中で一番厳しいものね」

ハインリヒは笑った。「ほら」と彼は叫んだ。「俺は全く悪意から笑い出さずにはいられないなんだ。でもそれは決してまだ絶望からくる笑いというわけじゃなくて、何か困惑からくるものなんだ。どうやってお金をとってくるかわからないというね」

「でも稼ぐ手段は必ず見つかるさ。だって自分たちがこんな熱い愛の中、こんな熱くなっている血で凍えてしまうなんて考えられないじゃないか。絶対にあり得ない！」

クララはハインリヒに好意的に笑い、こう答えた。「私が眼鏡と同じく服も売り払うために持ってきていたり、要らない真鍮のポットや乳鉢や銅製の湯沸かし器がこの家にあったなら、ちょっとして助けになるのにね」

「そうだな」とハインリヒははしゃいだ口調で言った。「もし自分たちが、あのジーベンケースのように、億万長者だったなら、木材を調達したりもっといい栄養を摂ることなんてなんでもないのにね」

「彼女は暖炉の方をじっと見て、そこでは水を使ってパンを煮ていた。それで最も質素な昼食を用意し、そしてデザートとしてバターを少々食べることで食事が終わる予定であった。「お前はそうやって食事の監督をしてコックに必要な命令を与えている時に、俺の方は自分の原稿に取り掛かるとするよ。インクや紙や羽根ペンがあってくれたらどれだけまた快く書くことができるだろうか。俺は何かまだ本が手元にあったなら、それが何であれ読みたいのに」

「考えないといけないんだよ、ハインリヒ」とクララは彼の方に冗談めいた眼差しを向けた。

「あなたから思想はまだなくなっていないわ」

「大好きなクララ」と彼は答えた。「俺たちの家はとても広々としていて、その手入れのためにあなたの注意を大いに必要とするんだ。どうかそれが散漫にならないでほしいね、さもないと家計がめちゃめちゃになってしまうんだから。そして俺は今から自分の蔵書のところに行くから、静かにしておいてくれ。自分の知識を広げて精神に糧を与えないといけないのだからね」

「ほんと変わってるわね！」とクララは自分に言って、喜ばしい笑い声をあげた。「そしてどんなに素敵かしら！」

「俺は以前書いた日記を読み返しているんだ」とハインリヒは言った。「そして終わりから始め、逆から最初の方へと順にじっくり読んでいくことが興味深くて、そうすれば内容をよりよく理解できるんだ。一つの領域におけるあらゆる本物の知識、本物の芸術作品、そして根本的な思索を常に一つにまとめて、初めから終わりまで密に一貫性を持たせないといけないんだ、蛇が自分の尻尾を噛むようにね――永遠の象徴、って言われるね。俺は知力と正しさの象徴だと考えているね」

彼は最後のページまで読み上げたが、声は小さかった。餓死しようとしている怒った犯罪者が自分を徐々に栄養を摂っていく物語である。それは根本的な部分では人生と全ての人間にも添えられている色合いに過ぎない。その話では終わりには胃と歯だけが残るが、我々には捉え難いと名付けている魂が残っている。私もまた、外部の事物が似たようなやり方で私をはたき落として殺した。私が家の設備と共に燕尾服を持っているのはほとんど滑稽なことで、何せ全然外出しないのだから。私の妻の誕生日にはベストとワイシャツの袖を私は着るのだが、その様といった不格好なもので、その衣装は社交界の人々に混ざって婦人たちに媚びるにはあまりに古びてしまった外套なのだ。

「ここでそのページと本が終わる」とハインリヒが言った。「俺たちの燕尾服は馬鹿げて不格好な衣装だってことを世間の人々は皆思うだろうし、皆その制服を貶すだろうけど、俺のようにそのがらくたを熱心に完全に捨ててしまう者はいないだろうな。他の思索者たちが俺のこんな大胆な先例の後に続こうとしたことがあるのを、新聞で読み取ったことは一度もないな」

彼はページをめくって、前のページを読んだ。「ナプキンなしでも読めるもんだな。俺たちの暮らしでもっともっと代用品や代行、間に合わせのものを使うようになっていくのをよく考えてみると、俺は自分たちのけちでしみったれたこの世紀に正しい怒りを抱くようになり、自分たちの寛大な祖先の人たちのように生きることもできるわけだから、そのように暮らしていこうと決心するんだ。この惨めなナプキンは、今日のイギリス人すらも知って軽蔑しているように、テーブルクロスを保護するためだけに発明されたのは明らかだ。だからテーブルクロスを丁重に扱わないことは気前のよさの印だし、もっと言うならナプキンだけでなく大きなテーブルクロスも余分なものだと言えるね。両方とも売っ払ってすっきりしたテーブルだけで食べよう。家長のようにな。そしてあの国民のように——ん？どの国民だ？まあどうでもよろしい！多くの人々はテーブルすら使わずに食べるんだ。そして言われているように、俺はそうしたことを冷笑的な倹約から、あるいはディオゲネスのやり方に基づいて外でやるのではなく、逆に俺の豊かな感情に基づいて行うのであり、ただ今の時代のような馬鹿馬鹿しい倹約によって浪費するようなやり方には従わないだけだ」

「その通りね」とハインリヒ夫人は笑った。「でもあの頃私たちはこの余分なものの収益からまだ贅沢できていたわね。まだ鉢も二つあったし」

夫婦は今みすぼらしい食事を食べるために席についた。その朴訥な食卓で二人が喜ばしく、はしゃいですらいるような様子をみると彼らを羨望せずにはいられないだろう。

パン入りスープが飲み干されると、クララは悪戯するような表情で暖炉から覆われていた皿を取り出し、驚いていた夫の前にジャガイモをいくつか差し出すのであった。「見て！」と彼女は叫んだ。「たくさんの本を嫌というほどじっくり読んだ後に、密かな喜びをもたらすのがこれよ！この美味しいジャガイモはヨーロッパで大きな変革をもたらすのに役だったの。英雄ウォルター・ローリー[2]が生きていてくれたなら！」——彼女はそれを水の入ったコップと一緒につついて、それをハインリヒはそんな興奮のせいでグラスにヒビが入らないか、じっと目を向けていた。「日常のグラスを設えたこの壮大な催しは」とハインリヒは言った。「古代の最も豊かな君主たちも嫉妬するだろうな。黄金の盃にある美しくて澄んで健康的な水を飲み干すことも、退屈なことに違いない。だが俺たちのグラスには瑞々しい波が漂っているのがはっきりと見え、実際にコップに入っている混じりないエーテルを味わっているような感じにすらなる。——今日の晩餐は終わりだ。抱きしめ合おう」

「気分転換するのはどう」と彼女は言った。「椅子を窓の方に動かして」。「場所なら十分にあるよ、本物の競争路がね」とハインリヒは言った。「俺が鳥籠について、ルイ十一世が疑いをかけてから建てたあの鳥籠について考える時にね。「場所なら十分あるな」と男が言った。「ルイ十一世が自分の容疑者ために建設させた走行路を檻として考えればな。手足を好きなように動かすことができることにどれだけの幸福があるかなんて、とても信じられないくらいさ。確かに今でもなお、願いを叶えるために精神が何時間もそれに繋がれているような状態にある。魂は鳥竿の中にあって、それにくっついてしまってそこから飛び去ることができない。どうしてそうなのかは、天はわかっておられる。そこに飛び込んでいって俺たちとその竿は今では結ばれた状態にあって、そのように囚われの身であることが今の自分たちがよりよいものとなっているとすら感じるのだ」

「そんなに難しく考えなくてもいいじゃない」とクララは言って、綺麗に整ったその手を華奢ですらりとした指で掴んだ。「ほらハインリヒ、家の窓になんて奇妙な氷の結晶がついていることでしょうね。私のおばはいつも言い張っていたのだけれど、この分厚い氷に覆われた窓ガラスは、覆われていない時よりも部屋を暖かくするみたい」

「まあそうかもしれないな」とハインリヒは言った。「じゃあその考え方に基づいて熱さを逃さないようにしよう。最後には窓についている氷の結晶はすごく厚くなるかもだけど、その場合部屋は狭くなってしまって、ペテルブルクのあの有名な氷の宮殿にいた方がましだと思ってしまうかもしれないね。でも君主のようにではなく市民らしく暮らしたいな」

「あの花はとてもお洒落でとても素敵ね！」とクララは叫んだ。「人はああいった花をいつかどこかで見たことがあるのだけれど、具体的に何の花なのかを特定するのは難しいわね。ねえ、今はその花が別の花を覆っていて、今こうして話しているあの花の立派な葉がもっと伸びているかのよう」

「一体」とハインリヒは訊いた。「植物学者があの植物を観察して、写生して自分の学術的な本に記録したのかね？あの花や葉は一定の規則に従ってまた転生するのか、それとも御伽噺のように新しいものへと絶えず変わっていくのだろうか？お前の息、お前の甘い息吹がすでに滅びた古の時代からの花の精や幽霊を呼び起こしたのだ。そしてお前があまりに甘美に愛しく考えたり空想したりするものだから、上機嫌な精霊がお前の思いつきや想いに応える形で花の精や幽霊として、儚い記録簿に死者が名前を記載するように現れ出ていたのだ。そして俺があなたの隣に座っているのに、あなたが俺にどれほど誠実で、俺のことをどれほど考えてくれているかを今読んでいるんだ」

「とても丁寧ね、大好きなハインリヒ」とクララはとても喜ばしい様子で答えた。「あなたはこの氷の花をとても学識豊かに、意味豊かに説明することができるのね。シェイクスピアの作品のあらすじに学識あって上手に注釈を添えるかのようにね」

「静かに、クララ！」と夫の方が答えて、「そういうことは話さないようにしよう、それに俺のことをあなた【Sie】と冗談でも呼ばないでくれ。——祝宴の終わった今、俺はまた後ろから自分の日記をじっくり読み返していきたい。日記の独り言はもうすでによく読み込んでいて、これから老いていく私にとってもそれはどれほど関わりあることになるだろう？一体日記というものは独り言以外のものを含まないものだろうか？いや、本当に偉大な芸術精神は独り言以外の、対話的な考えを書いていくこともできるんだ。でも人はこの二番目の声を自分自身の中で耳にすることは滅多にない。当然だ！その人がいつも喋っている自分と自分の質問に関すること以外のことを話す場合、賢い人の喋りと彼の答えに耳を傾ける者なんて千人に一人といないさ」

「本当にその通りよ」とクララは言った。「だからこそ最も厳粛なものとして結婚というものができたのよ。女の愛には、いつも二番目としての返事の声や、精神的な正しい反対意見があるの。そしてわかって欲しいのだけれど、男たちが男性的な思い上がりの中で女たちを愚かだとか視野が狭いとか、哲学に欠けているとか無能力だとか、現実的に過ぎるとかそういった文句を言うけれど、それは実は本当の精神の対話であったり、男の精神を補ったり、男たちの精神的神秘の調和的な一致であることもしばしばよ。でももちろん、殆どの男たちはただ声の反響だけを聴いて喜ぶだけで、『自然の声』とか『魂の調和』と名づけるのは、意味のわからない言い回しのその響きの表面的な字面をとっているだけよ。そんなものを女性の理想として、男たちはすごい真剣に惚れ込みさえするんだから」

「天使よ！天よ！」と若い夫は興奮気味に叫んだ。「本当、わかっているよ。俺たちの愛こそが本当の意味での婚姻なんだ。そしてお前が俺の周りを照らして補ってくれ、俺にとって欠けているものや覆っている闇について教えてくれるんだ。神託があるのなら、それを聞き取り理解するにあたって、それを捉えるための感性や聴覚をかけてはならないんだ」

長い抱擁によって二人の会話における互いの気持ちを示し、そしてそれが会話の終わりとなった。「キスもだ」とハインリヒは言った。「そのような神託なんだな。誠実で親密なキスをする際に、何か知性的なことを考えられる人は実際いただろうか？」

クララは大声で笑ったと思ったら、突然真剣になり何かを小声で言った。それはどこか同情しているような口調ですらあった。「私たちにとってとても多くを負っている召使や執事、厩務員や厩の管理人たちともそのように接しないといけないわね。私たちが元気で活発ですっかり興奮してしまっている時は、彼らを嘲笑ったり軽蔑したりするもの。私のお父さんは一度黒色の牡馬に騎乗して広い溝を飛び越えていったことがあるけれど、その時世間の人々は彼に虜になっちゃって婦人たちも拍手喝采だったけれど、ただ近くに立っていた年老いた厩の管理人だけが頭を深刻そうに振っていたの。長い髪をお下げにして赤い鼻をしたその人は、不自然にぎこちない様子でお父さんをじっと見つめていたの。それであなたたちは？気性の荒かったお父さんが彼の方に言ったの。また何か厳しく教えを垂れるつもりか？まっすぐ立っていた男はたじろぐこともなく静かに言ったの。『第一にご主人様は不安気な様子であられたので、馬の手綱を十分に緩めませんでした。だからご主人様は落馬する可能性もあったわけです。なぜなら跳馬する時馬は手綱により自由が十分に利かず、その分跳ねる距離も足りなかったからです。第二に、あの功績はあなたと少なくとも同じくらいにはあの馬にも多大に負っているところがあるのでして、三番目として私が幾多の時間と日々をかけたことによって、あの動物を世話してちゃんと分別が働くようにしたのであり、単調な作業を恐れず我慢強く行ったからこそ、ご主人様の闊達な勇気やあの馬の善き意志が結実したのです』。――『その通りだ』とお父さんは立派な贈り物を彼に授けたの。――私たちもかくあるべきよ。今私たちは想像して、感情や予感に身を委ね、夢見たり気の利いたことを言ってもいいけれど、今の馬の話からの教えをしっかりと乾いた知性に染み込ませないといけないの。もし騎手や馬が生半可な存在のままあの大胆な跳馬をしようとしたら、とても惨めな状態や観客達から嘲笑われる状態になってしまって、墓の中で横たわったままになることでしょうね」

「そうだ」とハインリヒは言った。「現代の話としてそういったことがよくあるのは、多数の夢想家たちや詩人たちからも明らかだ。中には誤った側面から登ろうとしているのに、不自然な跳躍をなんの躊躇いもなくしようとする詩人が今日いるくらいだからな。ああ、お前のお父さんは！」

クララはハインリヒを憐れみいっぱいの眼差しで見て、その眼差しにハインリヒは抵抗することはできなかった。「ああ、お前の幸せなお父さんの」とハインリヒは半分不機嫌な様子で言った。「その素晴らしい言葉は色々含蓄深いものだな。で、俺はなんと言えばいいんだ？お前はお父さんをとても愛しているのに、彼から離れてしまったじゃないか」

二人とも真剣な様子になった。「俺はさらに日記をじっくりと読むことにするよ」と若い男は言った。

彼は本をまた読み始めて、ページを開いた。そしてそれを声に出して読んだ。「今日私は古くて高価なカクストン版であるチョーサーの貴重な本を、がめつい本屋で売り払った。私の友達、あの愛すべき立派なアンドレアス・ヴァンデメールが若い頃大学で私の誕生を祝っていた時に贈ってくれたものだ。わざわざそれをロンドンから高い値段を払って取り寄せたもので、多数のゴシック式の装飾を施しつつ、彼らしい豊かで立派な装丁でそれを仕上げた。あの老いたがめつい本屋の主人は、私に少ししか対価としての金銭をよこさず、その十倍以上の金額を受け取る形ですぐにロンドンへと間違いなく送ったんだ。私が少なくともこの贈り物についての話について記したページを引き破って、同時に自分たちの住所を書き記していたなら。そうしたらそれも一緒にロンドンや、ある金持ちの蔵書に納められただろうに。そうできなかったことが腹立たしい。そして私の愛する本をこのように手放してしまい、あの値段で売り払ってしまったから、私は本当に貧乏になってしまい困窮で苦しんでしまっていると嫌でも考えてしまう。間違いなくその本は私がかつて所有していたものの中で最も高価なものであり、彼の、私の唯一の友人の思い出がどれだけあそこに込められているだろう！ああ、アンドレアス・ヴァンデメール！お前はまだ生きているのか？一体どこにいるんだ？私のことをまだ考えていてくれているのか？」

「あなたの苦しみはわかるわ」とクララは言った。「あの本を売ってしまってね。でもあなたのその若い友達について詳しく聞かせてくれてないじゃない」

「若いあいつは、俺と似ていた」とハインリヒは言った。「でも幾分か俺よりは歳をとっていて、随分と落ち着いていた。以前から学校で互いに知り合っていたんだが、あいつの好意は俺を悩ましていて、情熱的に俺の方へと押し入るようにやってきたと言っても間違いではないだろうな。あいつは裕福で、その大きな富と甘やかされて育ったことでとても気のいい性格をしていて、あらゆる利己心からは程遠かった。あいつの好意に対して俺がしっかりと応えず、俺があいつに示す友情が冷淡でそれに不満だといって嘆いていたな。大学の勉強も一緒に行い、同じ部屋に住んでいたんだ。俺が彼から何か出来ることはあるかと、彼から求めてきたんだ。というのも彼はなんでもかんでも余分なまで持っていて、他方で俺の父は俺のことをそこそこ程度にしか養えなかったからだ。都会に一緒に戻っていたから、彼は東インドに行こうという計画を立てた。彼は誰にも全く合わせない人間だったからね。あの奇跡の土地へと彼の心は惹かれていた。そこで彼は学び、見て、知識と未知なる土地への滾った渇きを満たしたがっていたのだ。そして俺が彼についていくように、何かも説得したり、強くお願いしたりしてきたんだ。俺がそこにいくと運を築き成功することは間違いないとし、その際あいつは俺を支えたいって言ったんだ。何せあいつはそこで祖先たちから多大な富を相続したからだ。だが俺の母が死んでしまい、まだその最期の日々に彼女の愛に報いることができる状態にあったし、それに父の方も病にかかっていたから俺の友人の情熱を分かち合うことはできなかった。それにそういった知識は十分には蓄えていなかったし、言語も習得していなかった。彼の方は東洋への愛から全て身につけていたのとは違ってね。それにそこにはまだ彼の親類も暮らしてもいて、彼はそこで訪問しようとしていたんだ。かねてから望んでいたんだが、友人とパトロンを通して俺は外交の兵団に加わることができた。母の遺産もあって、俺は自分に相応しい職に就くことができて、父の回復には望みは薄かったから離れていった。俺の友人は俺の財産の一部を自分にくれないかとずっとお願いしてきて、そうすればそれで投機をしてそこから将来に利益を計上すると言ってきた。ただこれは、相当な贈り物を礼を払いつつ俺に一度するために、設けた口実だったに違いないと考えている。そして俺の使節と一緒にお前の父の街へとやってきたわけで、そこからお前も知っての通り、俺の後々の運命が展開していったってわけさ」

「それでそれ以来、あなたの立派なアンドレアスからまた何も耳には入っていないの？」とクララが尋ねた。

「あの遠い大陸から彼の手紙を二通受け取った」とハインリヒは答えた。「そしてその後は、確たる証拠はないけれど彼がコレラに罹って亡くなったという噂を耳にした。そのように俺と彼は引き離されて、また父もすでに亡くなってしまっていたから、俺は遺産のことも考慮に入れた上で自分自身を頼りにするしかなかった。でも俺の使節の好意を味わってはいたし、宮廷では決して好かれていないわけではなかったし、強力なパトロンにも頼ることはできた――それも今は全て消えてしまったがね」

「そうね」とクララは言った。「あなたは私に全てを捧げてくれて、私の方もかつてのものから完全に追い出されてしまったわ」

「だから俺たちは愛で全てを補う必要があるんだ」と夫の方が言った。「何よりにね。だって俺たちのハネムーンは、あの散文家の人たちはそう呼ぶが、一年は軽く超えてしまったからね」

「でもあなたの立派な本」とクララは言った。「あなたの素敵な作品！ちょっとでもその写しを取っておいたらいいのにね。そうしたら冬の長い夜にどれだけ楽しい時間を過ごせたでしょう！――本当もしそうだったなら」と彼女はため息を吐いて続けた。「自由に使える光が必要となるわね」

「その辺にしとくんだな、クララ【Clärchen】」とハインリヒはクララを元気づけた。「こうやってお喋りしている方がいいもんさ。俺はお前の声色を聞いたり、お前が俺に何か歌ってくれたり、天上的な笑い声をあげてくれる方がいいのさ。その笑い声はお前以外から人生で今まで耳にしたことのないものだ。それはとても純粋な歓喜で、この世のものとは思えない歓声で、その喜びにはしゃいだ声色に込められた繊細で愛情豊かな感情が込められて、それを聞けば俺もうっとりするし、色々考え込んでもしまうよ。だって、優しい天使、ずっと前から知っていた人間なのにその人からそれまで聞かなかったような心の底から出た笑い声を聞くと、つい驚いたり時にはぞっと怯えてしまうような場合や調子がある。俺がその時まで気に入っているような可愛らしい娘にですら、同じように思ってしまう。どれだけたくさんの心に知られていない天使が眠っていて、自分を起こしてくれる創造的精神を有している。それは大抵立派で愛すべき人間の中のとても卑俗的な感性の裏で眠っていて、一旦おかしなことが心の最も奥深い領域に全力で押し入ってくると、彼のその感性が彼を夢から引きずり覚ますのだ。俺たちの本能はこの過程において何かあり、それから身を守らなければならないことを直感する。ああ、人間の笑いというのは何て意味深長で特徴的なんだ！お前の笑い声を聞いていると、俺の心は一回何か詩的な作品を書けるような気がしてくるよ」

「でも不当にならないようにしましょう」と彼女は答えた。「あまりに人々の注意に目を尖らせすぎると、人間嫌いに簡単になってしまうわ」

「あの若くて軽薄な本屋の主人が」とハインリヒは続けた。「破産してしまい俺の立派な原稿を世界中に散在させてしまったことは、確かに俺たちに取って幸運だった。あいつと俺とのやり取りにおいて、あの印刷された本や街中でのそれについてのお喋りが好奇心の気をひき、俺たちをこうした状態に導いたことはどれほど容易いことだったか。だがお前の父や家族の追跡は確かにまだおさまっていない。俺の身分証明証を新たに、しかもより厳密に検査されるし、俺の名前が偽造されたものだと疑われることもある。俺には頼るものがなく政府から怒りを買ったから逃亡する羽目になってしまったら俺たちは完全に離れ離れになってしまい、お前を親類の下へ送り返されることとなり、俺も厄介な訴訟に巻き込まれることとなった。だから、俺の天使、こうして一緒に隠れていることがとても幸福だし、あまりに幸福すぎるんだよ」

すっかり暗くなってしまい、暖炉の火は燃え尽きてしまった。そして幸福な二人の狭くて小さな部屋の、一緒に寝る寝床へと行った。そこでは小さな窓を打ち叩く吹雪によってどんどん凍えていく寒さについては全く感じることはなかった。朗らかな夢が周りを漂い、幸福や安楽や喜びが美しい性質として彼らの周囲を覆い、彼らが優美な錯誤から目を覚ますと味わう現実は、より一層親密に喜ぶのであった。彼らは暗闇の中でお喋りを続け、外が寒く辛苦が待っていたものだから起床して服を着ることを遅延させた。その間、日はすでにほのかに輝いていて、灰から火花を放ち炉辺に小さな火を灯すためにクララは狭苦しい部屋へと急いで行った。ハインリヒは彼女を助けて彼らは子供のように笑い合い、まるで彼らは作業をいつまでも終わらせたくないかのようだった。やがて息を何回も吹くことによって二人とも顔は赤くなり、切屑に火を灯し、小さくしっかり切られた木材が暖炉と小さな部屋を無駄なく暖められるように置かれた。「ほらハインリヒ」と妻は言った。「明日のためにしかもう蓄えがないよ。どうするの？――」

「何かを見つけ出さなければならない」と、まるでクララが何か全く余計なことを喋ったということを示すような眼差しをしながらハインリヒは答えた。

すっかり明るくなり、キスと会話の風味がつけられた水っぽいスープが彼らにとっての豪華な朝食であり、ハインリヒは妻にラテン語の「バックスとケレスがいないとウェヌスは凍えてしまう」[3]という言葉がどう誤っているのかを説明した。こうして彼らの時間は過ぎ去っていった。

「俺が日記のその箇所にきた時嬉しく思うよ」とハインリヒは言った。「俺がクララ、お前をどのようにして突然誘拐することとなったという箇所にね」

「ああ!あの素敵な瞬間がどれだけ私たちを奇妙に不意に驚かせたことかしら!数日間、お父さんが確かに不機嫌な様子をしていたことには気づいていたわ。彼は私にいつもとは違った口調で話していたの。彼はあなたの頻繁な訪問に前から驚いていたけれど、やがてあなたのことを名指しで呼ばなくなり、自分の立場を見誤り最上位の人と無条件に対等になろうとしている市民としてあなたのことを言及したわ。私が父に答えなかったから彼は怒り始めて、ついに私が口を開いたら彼はとても激しい怒りに駆り立てられたわ。私とどれほど口論したがっていたか、そして後になると私を監視し他の人たちにも私を見張ろうとさせたことを感じていたわ。八日後、私が訪問しようとした時、私の忠実な部屋の女中が階段で私のことを追いかけてきて、召使はすでに先に行っていて、服を整理整頓するという口実の下、彼女は私は全てがどのように発覚したのかをひっそりと教えてくれたの。彼ら私の棚を力尽くで開けて、あなたが送ってくれた手紙を全部見つけてしまったの。そして数時間もすれば遠くて悲しい風景の土地にいるおばのところに送られることになったの。その時に私が決心した速さといったら！私は装飾商店で買い物をするために馬車から降りて、御者と召使を一時間後にまた迎えにきてくれるように家から追い出したの――」

「そして俺はどれほど驚き、びっくりして、喜んだことだろうか」と主人は言った。「お前は突然俺の部屋に入り込んできた時は。来たのは俺の使節だったから、俺は身支度をしていた。あいつは奇妙なことを喋っていて、それはいつもとは全然違った声色だった。半分脅かすように、半分警告するように、だがそれでも好意的な喋り方ではあった。幸いなことに様々な身分証明書を持っていたから、何の準備もすることなしに素早く貸馬車に乗って、そして村に荷車がやってきてそれが境界を超えたから、それに賭けて乗り移ってうまく言ったというわけさ」

「でも」とクララは続けた。「途中で何回も不都合があって、宿もよくなかったし、服装や召使も欠けていた。それらはそれまではとても快適なものとして当たり前のようにあったものだったけど、今となってはそれなしで過ごさないといけなくなったの。そしてたまたまある旅行者から、自分たちがどのように後をつけられているか、公が全てどう変わってしまったか、人が自分たちに全く配慮せずにじっと見るようになったかを知った時のショックといったら」

「そうだ、そうだな、クララ」とハインリヒは答えた。「あれは俺たちの旅全体の中でも最もひどい一日だった。あの時、疑念を持たれないとためにあのお喋りな見知らぬ者と笑い合うふりをしなければならないことをまだ考えることはあるかい。あいつが長々と誘拐者の描写をしている時、あいつは惨めな外交官をそのモデルとしていたが、何せその誘拐者はしっかりした安全な準備をしてから誘拐しなかったからな。あいつがお前の愛する人を馬鹿な悪魔と何回も繰り返して呼び、お人よしと名付け、お前は怒りを爆発しようとさせたが俺の合図で何とか無理矢理お前を笑わせて、今度は俺たち自身を軽薄で無知だとして詰り始め、本来ならあのお喋り屋の警告には半分感謝しなければならないのだがついにあいつが立ち去っていくとお前は大声で泣き叫んだんだ――」

「ええ」と彼女は叫んだ。「ええ、ハインリヒ。あれは悲しい日であると同意に愉快な日でもあったわ。私たちがつけていた指輪や貴重品が私たちを助けてくれたわ。でもあなたの手紙を守ることができなかったのは埋めることのできない喪失よ。そして時々、私以外の別の人があなたの天国的な言葉、その愛が燃え盛るような言葉を目にして読んだなんて、そしてその響きは私にとっての祝福なのに、不快なものとして受け取られることを思うと、恐怖で身が震えるわ」

「そしてもっと悪いことに」と夫は続けた。「お前が色々な感情を込めながら書いて送ってくれたものや直接手にくれたものも、俺の馬鹿さと慌ただしさのせいで置いていってしまった。愛に限らず出来事のあらゆる経過において、秘密が暴露してしまったり出来事が悪化してしまう時ははっきりしているものだ。そしてそれでも魂が発露してしまうそういった欲求を羽ペンとインクで人は書かずにはいられないのだ。ああ愛しのクララ。あの手紙の言葉には、俺の心がお前の心の手によって、お前の息吹によって触れられその蕾からあまりに暴力的に燃え出て、葉が全てあまりに性急に咲き誇ってしまうように弾け飛んでしまうのではないかと思えたのだ」

二人は互いに抱き合い、ほとんど荘厳なほどの無言の瞬間が生じた。「愛しのクララ」とハインリヒは言った。「俺の日記の横にあのオマルシェンの追跡から俺とお前の手紙もうまく持ち出して並べることができたなら、どれほど立派な蔵書になったことだろうな」。そして彼は日記を取り出して、後戻りするようにページをめくっていった。

「本当！――人が犬に感嘆する奇跡的な現象も、それは同じ人類に対して払われることは普通無いね。信じられないことだけど毎日起きることで、義務とされることから生じるとても混乱した考え方といったらとても変。使用人が不可能なことをした場合、それはその人がただ自分の義務をしただけであって、高い地位の人がこの義務をいじくり回してしまい、その義務をできる限り自分たちの快適さのために折り曲げたり、自分たちの我儘のために躾をしたりするわけ。過酷なガレー船のような労働、鋼鉄のように冷たい書類関係上の束縛がなかったら、多分最も変わった現象を見ることができると思うわ。この書くという私たちの世紀の終わりのない奴隷労働の大部分が無益で、有害な場合もあることは否定できない。――でもこの利己的な時代の制止した大きな車輪が、この感性的な世代において突然掘り上げられたことについて一度考えるべきよ。――全てが破壊され混乱するものから一体何が生じるっていうの？」

「義務の無いことが、いわゆる教養人と呼ばれる人があらゆる方向に向かおうとする状態なの。彼らはそれを自立、自律性、自由と彼らは呼んでいる。彼らがこの目標に近付こうとした時に、国家や、その名前を持った社会的な憲法、大きく形容できないくらい複雑で、怪物的な機械における義務が、見境なく増大していく。何もかもが暴君を非難しがら、誰もが暴君になろうとする。豊かな者は貧乏な者に対して義務なんて持ちたくないし、地主も土地の人にも義務は持ちたくないし、君主も国民に持ちたくない。そうでありながら自分の臣下が自分たちへの義務を損なえば彼らは皆怒ってしまう。だから下の者はこの要求を時代遅れで、今の時代には適合しないものだとするし、そういった枷を、国家と人間形成だけによってのみ身につけられる雄弁術や詭弁で、否定し絶滅させようとするの」

「でも忠実さ、本当の忠実さ――それは全く別もので、世間で認識されている契約や、義務との関係性なんかよりどれほど高位なものでしょう。そして古き詩的な時代のような本物の愛だけをただ自分たちの主人に向けている時、この誠実さは老いた召使とその奉仕においてどれほど美しく見えるでしょう」

「もちろん、召使が自分の主人よりも高位なものを何も知らず、高貴なことを考えることがなくとも、それはとても大きな幸福だと私は考えているわ。あらゆる疑い、あらゆる不満、あれやこれやとぐらつきながら考えることは、彼にとって永久にないものとなったの。昼や夜、夏や冬のように、召使の抱く関係性はなんて不動なものなの、その人は主人に対する愛だけが全ての関係性なんだから」

「そしてそんな召使に対して主人は何も義務がないというのか？主人は召使に対してあらゆる義務がある、単なる条件付きの報酬だけでなくてね。この絶対的な献身への報いとしてもっと別で高いもの、つまり真実で本物の愛を負っているの」

「老いたクリスティーネが私たちに行ったことに対して、私たちはそれぞれどう善きことをやって応えるのか（何せ仕返しをするのは論外だからな）？彼女は俺の妻のおばで、彼女とは最初の駅で遭遇して、俺たちの旅についていきたいとしてほとんど暴力的な手段に訴えたな。俺たちは彼女に全てを言ってもよかった。何せ口が固いことそのものだったからな、彼女は。そして同時に彼女はここにくる途中までの役割を見出したほどだった。そして彼女の俺たちへの、特にクララへの献身といったら！――彼女は下の階の、とても小さくて暗い部屋に住んでいて、近所の幾つかの家に時々奉仕をすることによって生計を自分で立てている。どうして俺たちの安物の肌着をほとんど手入れをしないのはなぜかわからなかったな、やがて彼女は不要なものを俺たちのために犠牲にしてくれたことがわかるまでは。今では彼女は俺たちに奉仕し俺たちと一緒にいるために外でたくさん働いている」

「それで今や俺はカクストン版のチョーサーの作品を追い払い、あのひどくけちな本屋の主人の忌々しい付け値を受け入れなければばらない。『追い払う』という言葉が、もっと金のなく立派なあるいは好きな衣服を手放したり売り払ったりしなければならない女がその本を欲しがっていると知ると、いつも俺の心を特にいつも乱してしまう。まるで子供の言葉であるかのような響きだ。――追い払う！――リア王のコーデリアのように、私にとってのチョーサーがそれだ。――だがクララは自分の唯一の立派な衣服をとっくの昔の、逃亡する際に売ってしまったんだよな？ええ、逃げる途中で！――そうだ、クリスティーヌの方がチョーサーよりも価値があるのさ。そしてその収入から彼女も何らかのものを受け取らなければならない。でも彼女は受け取ろうとはしない[4]」

「キャリバンは酔っ払ったステファノーを敬っているけど、それ以上にあの美味しいワインに惚れ込んでいて、両手をあげてその酔っ払いの前で跪き、お願いするように言った。『お願いだ、俺の神になってくれ！』[5]」

「そのことについて俺たちは笑うものだ。そしてそれを笑う多数の役人、多数のお偉方や上流階級の者たちも惨めな大臣や酔っ払った君主や不機嫌な愛人に同じように熱心にお願いするのだ。『お願いだ、俺の神になってくれ！』てね。――俺は自分の崇拝、信仰、欲求、何かを崇め、どこにもそれを表明しないことを知っている。俺には自分が信じることができ、奉仕し、自分の心を完全に捧げられる神が欠けている。お前は神になれるだろう、だって――立派なワインを持っているし、それも長持ちするだろうからな」

「俺たちはキャリバンとその奴隷について笑い、何せシェイクスピアの作品のように、その喜劇に含まれる形で胸を打つような尽きることのない真実が表明されたからだ。何千もの事物が俺たちの空想の前にキャリバンへと変容していき即時的に俺たちはそれを実感しているから、その意味深長な言葉に笑ってしまうのさ」

「『お願い、私の神になって！』という言葉を、老いたクリスティーネは、その静かで真心ある心で実際に口にすることなく言った。だがそれはキャリバンやあの現世主義な人たちのように、ワインや威厳が欲しくて言ったのではない。――そうではなくて、クララが彼女に対して、自分が欠乏に耐え飢えて喉も渇きながら、夜までクララのために従事しても良いという許可を与えてくれることを見込んでのことだった」

「俺のような読者にとっては、ここにはいくつかの違いがあることをわざわざ指摘する必要はないだろう。ある感動がその日の読書を妨げた。その感動はとても強烈なもので、それは老いた、皺だらけで、半分病人でみすぼらしい服装に身を包んだ乳母が入ってきて、今晩は自分の部屋では寝ることができないが、明日の朝早く必要な買い物を済まそうとのことだった。クララは彼女と同行してその際も彼女と会話し、ハインリヒの方は手を机に叩き涙声をあげた。『どうして俺もまた日中労働者のように働かないのか？ 俺だって今は健康だし力もある。でもだめだ、やはりしてはいけない。何より彼女は自分が惨めだと感じる。それに彼女も稼ぎたいと思うようになり色々苦労し、至る所で助けを求めるようになり、二人とも不幸だとして嘆いてしまう。そしてそんな不幸な状態にあるときっと人々は見出すだろう。それでも俺たちは生き続ける、幸福な状態で！』」

クララは朗らかな状態で戻ってきて、お粗末な昼食も満足している人たちからはまた豪勢なものとして食された。クララは食後にこう言った。「今こうして木材の蓄えが切れてなければ困ったことは全く感じないし、クリスティーヌも忠告すべきこともないでしょう」

「クララ」とハインリヒはとても熱心な様子で言った。「俺たちは文明化した世紀に、しっかり統治された国に住んでいるのであって、不信心者や人喰い族の間に暮らしているのではない。必ず方法や手段があるはずだ。俺たちが荒野にいたとしても、俺は無論のことロビンソン・クルーソーの如く木々を切り倒す。森があり得ないだろうと思っていたところに実際に見つけることだってないとは言えない。マクベスのバーナムの森にきて、そこの木をひたすら切り倒したりもする。だが島が海から突然浮かんでくることもある。崖や自然の石の真ん中に椰子の木が生えて、子羊や羊が茨の近くにくるとそれが彼らの羊毛を刈り取って、ムネアカヒワはそれらを巣まで運んで、そこで自分の華奢な子供のためにその羊毛から暖かいベッドを作る」

クララは今回はいつもより長く眠り、目を覚ますと既に日が高く昇っていることに驚き、そして夫が自分の側にいないことにはもっと驚いた。だが鋸が頑丈で硬い木材を断ち切っている時のような大きくて軋むような騒音を聞いた時の驚きといったらなかった。彼女はすぐに着替え、その音を放つ奇妙な原因は何かを探ろうとした。「ちょっとハインリヒ」と彼女は入ってくるなり叫んだ。「一体何をしているの？」。「部屋の暖炉のために木材を鋸で細かく切っているんだよ」とハインリヒは息を切らし、仕事に向けていた目線を上へと向けて答えた。そしてクララに真っ赤な顔をむけた。

「まず教えて、一体どうしてその鋸と、さらには美しい木材のこれだけたくさんの塊を手に入れることができたの？」

「お前も知っているだろう」とハインリヒは答えた。「ここから多少歩いていけば空いた小さな土地があるんだよ。ある小部屋で鍵穴から覗く形で、木製の鋸と斧を発見したんだ。それらは昔の地主か誰かのものだったのだろう。人が世界史の経過に目を向けるように、俺はこの道具類に気づいたんだ。今朝、まだお前がぐっすりと眠っている間に、真っ暗闇の中そこへと行って細くてみすぼらしいドアを破った。それはせいぜい小さな情けない施錠がされているだけであり、二つの殺人道具をここに持ってきたというわけさ。だが俺は自分の家の状態は正確にわかっているから、階段の長くて大きくて頑丈な手すりを斧の力も借りて苦労もなく継ぎ目から外して持ち上げて、俺たちの部屋全体を埋めていた長くて重い梁を持ってきたんだ。見てごらんよ、愛しいクララ、俺たちのご先祖さまはなんて頑健で立派な人たちだったかをね。極めて美しくこの上なくザラザラした木材からのオークの塊を見てみてよ、とても磨かれていてニスが塗られている。これだと、今までのみすぼらしい松やヤナギの木材よりも全く別の火を灯すだろうな」

「でもハインリヒ」とクララは叫び両手を叩いた。「それだと家が駄目になってしまう！」

「誰も俺たちの家になんて来やしないよ」とハインリヒは言った。「そして俺たちは階段のことはわかっているし、俺たち自身階段を登ったり降りたりなんてしない。せいぜい年とったクリスティーネのためにあるくらいで、彼女にこう言ったら途方もなく驚くことだろうな。見てみるんだ、年取った子供よ。それは森全体の最も美しく、大人くらいの大きさで切り倒された柳の幹であると言われ、大工によって、そしてその後は家具職人によって巧みに手を加えられたんだ。それによって、君たちのような年取った人たちは階段を上っていって、この素晴らしい柳の幹に寄りかかることができるんだ。君は大声をあげて笑い上げるに違いないね、クリスティーネ。いや、そんな階段用の手すりは人生において、全く無用な余分なものだ。あの森は俺たちがとても必要としているからこそ、それを察してあったもの。俺は魔術師だ、この魔法の斧を何回か振れば、この素晴らしい幹が俺の力に屈したんだ。これは全て文明から来たものだ。多数の古いあばら屋のようにここでいつも、縄や鋼鉄の塊を使って宮殿のように自分でなんとかしないといけないのなら、俺のこの考えが生じることはなかったし、他の助けとなるものを探し出す必要があった」

クララが大分落ち着いてきたら、彼女は大声で激しい勢いで笑ってしまった。そして彼女はこう言った。「でも一旦起きてしまったんだから、少なくともあなたの木を切る作業を手伝いたいと思うわ。通りで行われているのを今まで何回も見てきたからね」

木は部屋の端にあった二つの椅子の上に置かれていて、二つ必要だったのは木がそれだけ長かったからだ。そして二人は鋸でその木の塊の真ん中を切っていき、隙間を減らしていった。両者ともその手作業に慣れておらず、木が堅かったので鋸の刃も中々進まなかったので、二人にとって骨が折れるものだった。笑って汗を流しながら、二人とも作業の進捗をゆっくりとしか進めていくことができなかった。ついに梁が最後の一撃によって折れた。作業が終わると身を休めて汗を乾かした。「これは助かるわね」とクララは言った。「しばらくの間部屋を暖かくしなくてもいいいんだから」。彼らは朝食を準備することを忘れてしまい、木を必要とする多数の破片に割くのが終わるまで午前の間ずっと作業をしていた。

「俺たちの孤独な部屋が突然芸術家の仕事場になってしまったな」とハインリヒは休みながら言った。あの暗闇に置かれている大きくて不格好で、誰からも見られていない木は、今やすでに小さくて可愛らしい立方体の塊へと変わってしまい、幾つかの説得と研磨を経てさらにこの斧の力もあって、その木材の塊は火につけやすくなり、熱狂した炎をもたらすことのできる状態になった。

彼は一つの四角の木材を手に取り、それをさらに小さな塊や破片にする仕事が鋸でひくこと仕事よりも更に骨折れるものであったのは無論である。クララはその間、その男の姿を感嘆と好意の念をもって見るのであった。彼はいくつかの練習と実りない試みの後にまもなくこつを掴むようになり、このような低級な作業に従事していてもなお夫のことが素敵な男として映るのであった。

この作業において壁が唸る音を立てたのだが、その時いつもなら下の階の部屋に住んでいる少数の人々が不在だったのは幸いだった。そういったわけで、その作業において生じた騒音は家の誰にも気づかれることはなかった。近隣の人たちもそんなにその音を耳にしていたわけではなく、なぜなら郊外、特にその通りでは騒音に満ちた生業が多数いつもそこで行われていたからだ。

ついに小さな木材の蓄えの用意が完了し、それを用いて暖炉を暖めようとした。この奇妙な一日において、昼食と朝食を同時にする形で食事が摂られた。昼食のテーブルは昨日と一昨日よりも大きく異なった様を呈していた。

「変だと思っては駄目よ、ハインリヒ」とクララは小さなテーブルクロスを敷く前に言った。「私たちのクリスティーネは今晩大きなランドリーからたくさんの衣服を持って帰ってきてくれて、それを私たちと分かち合うことができるとして嬉しく思っているの。その贈り物を跳ね退けるなんてとてもできないし、あなただって喜んでそれを受け取ってくれるでしょうね」

ハインリヒは笑ってこう言った。「あの老いた女は俺たちの相当前から俺たちに尽くしてくれたし、助けとなるために夜働いてくれていて、今では口を開けて、俺たちに食事を提供してくれようというんだ。俺たちがそれを楽しむように思う存分味わい、俺たちが感謝を実際に示す前に彼女が死んでしまったりそれを示すことがそもそも永遠に不可能であったなら、少なくとも愛でそれを頭に留めておこうじゃないか」

用意された料理は実際豪勢なものだった。あの老女はいくつかの卵を調達し、肉入りの野菜にポットに入ったコーヒーすらも用意したのであった。夕食の時クララは、夜にこのような布製品を使用することはこれらの人たちからすれば実に豪勢な宴であることを語り、彼らが喋っている様は機知に富んでいて愉快な様子であり、それ故にあのような仕事には多数の人々が押し寄せてきて、その夜の時間を厳粛に過ごすのであると述べた。「なんて幸福なの」と彼女は言った。「そのような人たちにとっては、それだけたくさんのものが楽しいものとなるなんて、私たちにとってはきつくて、奴隷みたいな仕事と苦しみに思えるというのに。このようにして多くのものが人生において幸福とのバランスが取られ、穏やかな一致がなければとても嫌悪するものに、それどころか恐るべきものになることもあり得るのね。それに、私たちの貧乏暮らしにもその魅力があることを味わってきたでしょう?」

「そうだな」とハインリヒは長い間食べていなかった肉を味わいリフレッシュしながら言った。

「いつも満腹な美食家が、乾いたパンの欠片にどれだけの柔らかい風味、どれだけの美味しさがそこにあると知ったなら、貧しくて飢えた者しか知らない味ではあるが、彼らは彼を羨望し何か策を練り上げてその喜びを一緒に味わおうとするだろう。それにしても今日のハードな仕事の後にこんなサルダナパロス王[6]が食べるようなご馳走にありつけるなんて、なんて幸福でとても立派なことなんだ。このようにして俺たちの消耗してしまった力に新たな力を蓄えるんだな。だが羽目を外すにも正しくしよう、いつも俺を虜にしてきたあの甘美な歌をいくつか歌おう」

彼が要求したことをこなすことが彼女は好きであり、窓の近くに座りながら手と手を握って目と目を見つめ合っていながら、窓ガラスに付着していた氷の結晶が溶け始めていることに気づいた。その理由は強烈な寒さが大分おさまったからなのか、あの堅固な樅の木材によって広がった熱があの氷の植物にもっと大きな力が働いたからか。「愛しいクララ、みておくれ」とハインリヒは叫んだ。「この冷たくて氷のようで感激して泣いている窓が、お前の美しい声を前にして溶けていっている。オルフェウスの古い奇跡の物語はいつも繰り返される」

日差しのいい一日であり、彼らはまた蒼天の空を見上げ、透明な水晶を喜んだ。薄くて細い雲が紺碧の海を通って漂う形で溶けていった様と言ったらなかった。同時に雲の幽霊のような両腕が、あたかもそこを快適で喜ばしい気持ちになるかのように、そこに伸びていっていた。原始的な小屋や小さな家はこの人混みの多い通りの中でとても奇妙な様子であった。窓が二つある居間、窓が一つある部屋がその家の全てであった。下の階にはかつて年老いた不機嫌な管理人が住んでいたが、彼には財産が相応にあったので、冬には違う街の方へと赴いて、足の痛風に悩まされていたのでそこで仲のいい医者と療養していた。この小屋の建設者は奇妙で殆ど理解不能な気分にあったに違いない。というのも三階の（そこでは彼の友人が住んでいた）窓の下では、そこはかなり広い瓦屋根が敷かれていてために通りを見下ろすことは全く不可能だった。この場合譬え夏の季節に窓を開けたとしても、彼らは人々との付き合いからは全く排除された状態にあり、彼らに映るのは真向かいに立っている同じような小さな家だけであった。その建物は一階分しかなかった。そしてその窓や全体像を見ることは決してなく、ただ後ろへとずっと伸びていく黒煙がかかった屋根が間近にあり、左右には二つのより高い家の、急で剥き出しの防火壁がありそれが両側から低い小屋を囲んでいた。

彼らがちょうど引っ越してきたばかりの夏の最初の日々では、すぐに窓を開けたのだが（それは全く狭い通りなのに叫び声や喧嘩の音が聞こえてきたなら至極当然のことだった）、眼前に見えてきたのは瓦屋根とその反対側にある小屋だけであった。彼らは窓を開ける度に笑いハインリヒはこう言うのであった。「もし警句の本質が（古い理論によれば）欺かれた希望にあるというのなら、俺たちはその警句を味わったというわけだな」

いつもうるささ一杯の騒音が聞こえてくるこの活発な居住地へと引っ越してきた二人が、全く隔離されたような孤独な暮らしをすることは楽なことではなかっただろう。彼らはあまりに世界から引き離されているかのようであったから、猫が一匹一度慎重になりながらよその家の屋根の上を散歩したり、さらにその向こう側に行って屋根煉瓦の端を感じながら、屋根窓で両親を探している様子を見るだけでも一つの事件であった。夏に燕が防火壁の間隙に付着した巣から飛び去っていって囀りながら戻ってきたその様子や、幼い雛と鳴いていたその様子が窓で見ている者たちにとっては重大な出来事であった。彼らは引っ越しして以来の最も重大な出来事に殆ど恐怖を覚えるのであったが、それが何かというと屋根掃除の少年が向かい側のその狭くて四角の囲いから箒を持ちながら、歌っているような声をいくつか発したということだった。

だがこの孤独は愛していた二人にとって望んでいたことでもあった。そういったわけで窓の側で立ちながら、興味津々な近所の誰かから見られることに恐れも抱かずに互いに抱き合ってキスをすることができたのである。彼らはあの哀しげな防火壁の岩壁について、スイスの岩礁区域だと空想することもしばしばあった、そして黄昏時の太陽の光の、その仄かな光が石灰石や未加工の石を形成している間隙を震わせている様を夢中になって見入っていた。このような晩を憧憬の念を抱きつつ思い返し、今まで話したあらゆる会話、今まで抱いていた感情、今まで取り交わしていたあらゆる冗談を反芻していた。

かくして今や、堅固な氷の結晶に対して譬えそれが付着し続けようとあるいは増え続けようと、それに対する武器を差し当たり手にしたのであった。夫の方は時間があったから、彼は木材を割く作業を楽にするために小さいくさびを断ち、それを幹に運びピストンの運動をもっと早く軽くするようにした。

数日後、妻は彼がそうやってくさびを切っている作業を注意深く見ていた。「ハインリヒ、あなたがここで積み重ねているその木材の塊も消費されてしまったなら――一体どうするつもり？」

「俺のクララ」と彼は答えた。「あの立派なホラティウスが（俺が間違ってなければ）、かってそのとりわけ聡明な教えをとても端的に分かりやすく言ってくれたものだ。『carpe diem!』その日を味わえ、すぐ眼前にあるその日を。その日が二度と戻らないものの如く、己を全く委ね、掴み取るのだ。だが起こり得る明日のことを考えたのなら、このことを完全に成就することは出来ない。もしこの教えを心配と疑いを以て実行されたのなら、目下の一日、お前が喜んで味わっている今日の時間は、不安な疑問によって自身が萎縮してしまいもはや失われてしまっているのだ。俺たちが現在の意識を抱き、ただ生きて幸福であるためには、身をこれに完全に没入させなければならないのだ。見るんだ！このラテン語の二つの単語にはたくさんの意味合いが込められていて、それが単純明快で活力に富んでいるのだとされるのはとても理にかなっている。何せちょっとした響きで多種多様な意味合いを表現しているからな。そして次の歌の文句を知っているよな。

あらゆる心配は
ただ明日に
心配は明日こそにあり」

「その通りよ！」と彼女は答えた。「もう一年間、その哲学を自分たちのものにしていて、しっかり実行してきたわ」

このようにして日々は過ぎ去っていき、この若い夫婦は乞食のように暮らしてはいたものの、自分たちの幸福において欠けているものは何もなかった。ある朝、夫の方は言った。「俺は昨晩不思議な夢を見た」

「聞かせてよ、ハインリヒ」とクララは叫んだ。「私たちの人生にとって重要な要素なのに夢について気にかけることはとても少ないじゃない。もし夜での体験を起きている間の暮らしにも引き寄せたら、よく言われる現実的な生活も夢っぽくなくなったり眠りに襲われたりしないんじゃないかしらね。それにあなたの夢は私のものよ。だってそれはあなたの心と空想を表わしたものだし、たくさんの夢はあなたと私を割いてしまうと考えると妬んでしまうの。だって、その夢に嵌まり込んでいる間はあなたは私のことを忘れてしまうし、譬え空想の中だとしても他の存在にあなたは惚れ込んでしまうんだから。こういった事はもう不実な事じゃない、もし心と空想がこういったことに夢中になってしまうのなら？」

「それは自分たちの見る夢が自分たち自身に属するものかどうか、そして属するのならどのくらい属するのか次第だな」とハインリヒは答えた。俺たちの内部にある秘密の様がどれだけ暴かれるものか、誰が言えるものだろうか。俺たちは夢の中では残酷だし嘘つきだし臆病だし、それどころか全くの卑劣な存在なんだし、罪のない子供を喜んで殺害しながらも、これらは実際の俺たちの性分とは無縁で反するものだと強く思っているのだ。夢はまた、とても多種多様なものだ。それが啓示としての数多の光と同然だという事もあれば、胃や体内器官の不機嫌から構成されることもある。夢の物質と精神、動物と天使の性質の複雑ながらも素晴らしい混合によることが、そのあらゆる機能に無限にも及ぶくらい多様な色合いを及ぼし、それを一般化させることがほとんど不可能なんだ」

「ああ、一般化！」と彼女は叫んだ。「一般化のための格言や原理やその他のくだらぬものと言われているもの。それらのようなものが全て私がどれだけ嫌いで理解不能だったか、とても表現できない。愛は、私たちの子供時代を照らすその罰が意味を持つようになる、個で、唯一で、本質で、正しくて、詩的で真実であることを。全てを一般化させようとする哲学者は何においても規則を見つけることができて、全てを彼の体系と呼ばれているものに当てはめることができて、疑うことも絶対になく、何かを真実に体験するための能力のなさが、自分の誤謬のなさを自慢する拠り所にし、また疑うことも知らない能力がその人を誇り高くする。正しい思想もまた経験によるものでなければならず、真実の考えは多数の思考から生き生きと発展していくのであり、それが突然存在化する。そしてそれが反射する光が数多の半分だけ生まれ出た思想を照らしだし、魂を吹き込む。――でも私は私の夢をあなたに語っているけれど、むしろあなたの夢を私に示してくれた方が、もっといいし詩的になるでしょうね」

「本当にお前は俺に恥をかかせるのだな」とハインリヒは顔を紅くした。「だって今回お前は俺の夢の才能を大いに発揮させようというのだからな。お前で確かめてみるんだな」

「あの頃、俺はまだあの大きな街で以前の使節と共にいて、身分の高い人たちとの間に囲まれていた。今度行われるオークションについてテーブルの上で語られていた。オークションという言葉がただ机の上から聞こえてきただけで、俺に言いようのない不安が襲い掛かり、そしてどうしてそんな気持ちになるのかはわからなかった。俺がもっと若い頃は本のオークションに参加することに熱中していて、俺が好きだったあの作品を手に入れることはいつもほとんど不可能だったにせよ、それが競り落とされるのを耳にして、自分のものにだってなるんだと考えれば喜ばしい気持ちになったものだ。俺はオークションのカタログをまるで俺の好きな詩のように読むことができて、この愚かさと溺れるような熱意は俺を若い時に苦しめたことの一つだった。何せ俺はきちんとした分別のいい若者からは程遠い状態にあり、一人っきりの時間で俺はいつかいわゆる理性的で有益な人間になることができるのかどうか疑わしく思っていた」

クララは大声で笑い出し、彼を抱きしめて力強くキスをした。「いいえ」と彼女は叫んだ。「そういったことが今まで何も現実になっていたのは神様に感謝しないと。あなたがそんな悪徳に染まることが決してないように、しっかり監督しておかないとね。でもとにかく夢の話を続けてちょうだい！」

ハインリヒは続けた。「俺はこういったオークションに苦しさの伴う不安を抱いていた。というのも夢の中で、いつも俺は突然競売場に放り出されていて、驚くことに公然たる競売品の一つとして俺がいたからだ」

クララはまた笑った。「それは素敵なことね。人々の間に交ざるのに全く新たなやり方ね」

「俺にとっては全然嬉しくないよ」と夫は答えた。「そこにはあらゆる類の古い物や家具が置かれていて、その中で老いた女や怠け者や、うだつの上がらない物書きや口の悪い者、腐敗した学生や喜劇俳優が座っていた。これらは全て今日、全て最も高い値段で落札した者に渡されるのであり、俺はこれらの埃に塗れた古物の真っ只中にいたというわけだ。広場では俺の知り合いが多数座っていて、そのうちの何人かは展示されていた品物と人々を鑑定するかのような目でじっと見ていた。そしてついに競売人が入ってきて、処刑場へと連れてかれるような恐怖を抱いた」

「真剣な男は腰を下ろし、咳払いをして仕事を始め、まず俺を競売に出す形でつかむのであった。彼は俺の前に立ってこう言った。『皆様方、ここにいる外交官はかなりよく保存されながらどこか縮んでしまい身がちぎれていて、虫や蛾によってあちこち引きちぎられてはいますが、暖炉のための遮蔽板としてはまだ役立つでしょう。それによって勢いが良すぎる炎や暑さから身を守っては冷やすことができたり、カリアティード[7]として使い一時逆立ちさせることも可能です。また窓に架けて天候の様子をそこから読み取ることもできます。これ自身はほんの少しだけ知性が残っているので、質問がそこまで深くさえなければ日常的なことについてそこそこ答えたりそれについて話したりもできます。それではどれほどまでの値段をつけてくださるでしょうか？』」

「会場には答えはなかった。競売人はこう叫び出した。『紳士方、婦人方、どういたしました？使節のためにドアマンになることもできますよ。入り口にシャンデリアとして架け、蝋燭を腕と足と頭で抱えることもできます。実に器用で愛すべきやつです。もし皆様方が家にオルガンを一台持ってらしたなら、その送風器も踏むことができますよ。彼の足は、ご覧のように、かなりのものですよ』。――でもそれでも答えはなかったんだ――俺はこれ以上ないくらいの恥辱を受けて、俺の恥は留まることも知らない状態にあった。なにせ俺の知り合いたちはニヤニヤこっちの方を見て笑いながら、俺の味わっている不幸を蜜にしていたんだから。多数が笑い、そうでない人は深い軽蔑の伴う同情を抱きつつ肩をすくめた。俺の従僕がその時になってドアから入ってきて、指示を出すために彼の前に出たのだが、競売人は次のように言いながら俺を力強く押し戻した。『喋るな、古い家具！お前の身分としての義務をそれほどまでにわかっていないのか？お前のするべきことはじっとしていることだ。オークションの品が自分の意思で動こうということがあるのなら、それは俺だ！』――誰も新たな問いかけに対して答えなかった。そんなガラクタなんかに価値はない、とある隅から声が聞こえてきた。そんな役立たずなんかに何を差し出すっていうんだ？とまた別の所から聞こえてきた。不安による汗が俺の額から流れてきた。俺は自分の従僕に何かちょっとしたことをしてくれないかと目で合図をした。そいつが俺を競り落としてこの忌々しい会場から出ていき、俺と俺の従僕はお互いのことを知っているものだからそれでなんとか折り合いをつけることがとても理にかなっていることだと考えたからだ。そしてそいつの出した金を全部俺が払い返してやった上に、チップも与えてやろう。だが彼はお金を持っていないかもしれないし、俺の目配せの合図も理解しれず、俺の考えていることは全く知られず理解されないことだってあり得る。それでたくさん、彼はその場所から動くことはなかった。競売人は不機嫌になり、自分の補佐に目配せをしてこう言った。『ナンバー二、三と四をここからつまみ出せ』。そして頑健な男がボロボロの身なりをした奴らを三人連れてきて指示を出したやつがこう言った。『人はこの外交官に何も提供しないから、この三人の日雇い物書きと通信記事を書く週刊紙の陳腐な編集者、そしてこの演劇批評家とこれも一緒にすることとしましょう――これらを一緒にしたらどんな値段を申し出て下さるでしょうか？』」

「ある老いた古物商が、額にしばらく手を当ててからこう言った。『一グロッツェン！』。競売人はこう訊いた。『一グロッツェンですか？他には誰もいないですか？』最初の人に一グロッツェンで――そして彼はハンマーを上げた。すると小柄で汚いユダヤの若者が叫んだ。『一グロッツェン六ペニヒ』。競売人は付け値を始めて二度繰り返して、三つ目の言葉で俺も一緒にハンマーで叩きあの小柄なユダヤ人に落札させようとしたところ、ドアが開きお前が、クララ、たくさんの高貴な婦人を付き従えながら極めて壮麗な様子で入ってきて、誇り高い表情と振る舞いをしながらお前が命令するんだ。『そこまでにしなさい！』と叫んだ。場にいた皆が驚いてギョッとして、俺の心は嬉しくて弾んだ。私の夫をオークションにかける？とお前が不機嫌に言ったんだ。今までに付けられた値はどのくらいなの？老いた進行役はとても深くお辞儀をして、彼女の椅子を差し出して困惑して顔を真っ赤にしながらこう言った。『今までの所、そちらの旦那様には一つ半グロッツェンの申し出があります』」

「それに対してお前はこう言う。『でも私は自分の夫にだけ値をつけて、他の人は全員遠ざけて欲しいわ。比類ない男には十八ペニヒよ！すごい！私は最初に一千ターラーもつけていいわ』。――俺は嬉しかったけれど、同時に恐怖も感じていた。というのもお前がどこまで値をつけるかわからなかったからだ。でもそういった不安もすぐになくなり、他の綺麗な婦人が二千もの値をつけた。こうして金持ちの女性と高貴な女性との間に、俺を我が物にしようと熱い争いが持ち上げられた。入札値段はどんどん速い速度でつけられていき、すぐに俺は一万が付けられたと思ったらそんなに時間がかからないうちに二万にまで値段が上がっていった。千あがるにつれて俺は起き上がり、誇り高く真っ直ぐに立ち、競売人と机の後ろを大股で行ったり来たりしたが、彼は俺にじっとしてろ、とは言おうとはしなくなった。さっきボロいとか役立たずとかぶつくさ言っていたあの知り合いに対しては軽蔑じみた眼差しを注いだ。今や全員は俺に敬意を払った眼差しで見ていた、特に二人の女性による熱狂的な争いが落ち着くどころかどんどん激しくなるにつれ。ある醜い老婆は、俺をそのままの状態にさせないようにしているように思えた。彼女は赤い鼻はその赤さが次第に増していき、俺に十万ターラーにまで値をつけたのも彼女だった。すると会場は全くの沈黙が支配し、荘厳な声は聞き取れてきた。『私たちの世紀に男にこれほど高い値が付けられたことはなかった！今わかった、彼は私にはあまりに高価すぎるのだ』。俺が辺りを見回すと、今の意見は俺の使節からのものだということに気づいた。俺は彼に礼のこもった表情で挨拶をした。そして結果だけ言えば、俺の値段は二倍の二十万ターラーを多少上回った値段になり、その値段によって最終的に私はあの赤い鼻をした老婆に落札されることになった」

事がついに決定すると、大きな喧騒が持ち上がった。皆が極めつきの品を間近で見たかったからだ。どのようにして手筈が整ったかは説明される事はなかったが、俺に付けられた多額の金額がオークションのあらゆる決まりに逆らう形で手渡された。

「だが俺が連れ出されていこうとした時、お前がやってきてこう叫んだ。『まだよ！だって私の夫はキリスト教の道徳に反してオークションに賭けられて売却されたんだから、私も同じように厳しい運命に従います。私も今オークション競売人のハンマーに自分の意思で服従致します』。すると老いたそいつはお辞儀をして身を丸めて、お前は大きな机の後ろの方へと寄っていき、皆がお前の美しさに感嘆しながらじっと目を注いでいた。競売が開始され、若い紳士がお前を同じ高さへとお前を押し上げた。最初俺は半分は驚きによって、半分は好奇心によって押し黙っていた。入札金額がすでに千にまで上がっていたら、俺も声を上げて値段をつけた。値段はどんどん高くなっていき、俺の使節はあまりに熱を注ぎすぎて、俺はほとんど正気を保てない状態にあった。何せこの老いた男がこの方法で俺の妻を奪い取るのではないかと痛ましく思ったからだ。そいつも俺の不快に気づいていた。何せそいつは俺のことをずっと側から妬ましそうに見ていたし、悪意の込もった笑みもむけていたからだ。豊かな紳士たちがどんどん押し寄せてきて、俺のポケットに甚大な金額が入ってなかったら俺はお前を失っていたことは間違いない。お前が俺に示してくれた以上に、俺がお前に規模の大きい愛情を示すことができると して少なからず俺の心はくすぐられた。何せ先ほどのオークションで千ターラーの入札をお前がした後は、俺をオークションの成り行きに黙って任せ、今となってはどこにも見当たらずいなくなってしまった、あの赤い鼻をした婦人に委ねたままにしていたからだ。すでに俺たちは十万ターラーを超えるくらいになっており、お前はずっと俺に対して机で好意的に頷いていて、先ほどのオークションで多額の資金を手にしていたから、それを使って入札金額を釣り上げることによって競争相手を全員絶望に追い立ててやった。かくして俺はそれを大はしゃぎで高笑いしながら押し通していったのだ。ついに全員不機嫌に押し黙ってしまい、お前は俺に落札されることになったんだ。俺は勝利を収めたのだ。俺は落札金額を払おうとした――だが――ああ！興奮のあまり俺が獲得した金額どのくらいだったかが頭に入ってなく、支払いにおいてまだ数千ターラー足りなかった。俺の絶望はただ他の奴らの嘲笑を招くだけだった。お前は両手を握りしめた。そして俺たちは暗い牢獄へとつれていかれ、重たい鎖が身にのしかかった。与えられる食糧は水とパンだけであったが、これが罰だとは笑い出さずにはいられなかった。何せ、ここに来て以来長い間食事をしておらず、この食事でもご馳走だと思ったからだ。このようにして夢では過去も現在も、近くも遠くも全てがごちゃ混ぜになっている。牢獄の長が、裁判官が俺たちに死刑判決を下したと語った。何せ俺たちは王家の国庫と公共の収入に策を弄して詐欺を働きかけ、また公の信頼を裏切り国家としての信用も毀損していったからだ。自分をあまりに高価に競り勝ちあれほどの多額の金額が支払われるようにさせることは、悍ましい詐欺であり、それによって競りとその一般的な恩恵から引き離されることとなる。個人が皆無条件に自分を全体へと捧げなければならぬ愛国心と真っ向から反することであり、俺たちの企てたことは紛れもない反逆罪と看做されることとなる。老いた競売人は俺たちと一緒に同じく処刑されることとなった。なぜなら彼もまた共謀に関わっていて、入札金額をあまりに高く上げすぎてしまうことに加わっていたし、俺たちを類稀な創作物とあまりに過度に強調し過ぎて、俺たちへの購買欲を刺激したからだ。俺たちのよそ者としての力と国家の敵も一緒になって、国家全体を破産させようとしていたと、全ては明らかになった。というのも、個人に、しかも何ら稼ぎのないその人に、あのような莫大な金額を使うことになったら、省庁や学校や大学、さらに牢獄や救貧院に対してすらも使うべき金が残らなくなってしまうことは明らかだからだ。俺たちが連れてかれたそのすぐ後に、身分の高い十人の男と評判の高い十五人の女が自身をオークションにかけて、その金額は国庫と歳入から同様にひかれていった。このような劣悪で堕落した例があるとあらゆる倫理的価値は滅んでいき、個人がこのように査定され過度に評価されるのなら道徳としての価値も毀損される。そういったことが起こるのだと俺には思えて、俺の過失によってこういった混乱が生じ得たことに後悔し始めた」

「そして俺が処刑場の方へと連れていかれた時――俺は目を覚ましてお前の腕の中にいたんだ」

「本当にその話は色々考えさせるわね」とクララは答えた。「何かギラギラした光に照らしてみると、それは自分たちを出来るだけ高く売ろうとするたくさんの人たちの話。その不思議なオークションはあらゆる国家の施設にももちろん通じるわ」

「この馬鹿げた夢は俺にとっても考えさせるものがある」とハインリヒは答えた。「というのも世界は俺を、そして俺は世界をある程度離れている状態にあり誰も俺の価値を相応の金額として評価しようとしないからだ。この広い街全体では、俺の信用は一グロッツェンほどにも満たない。俺は世界がボロと呼んでいるものと全く同じだ。そしてそんな俺をお前が、貴重で素晴らしい存在のお前が愛してくれているんだ！そして最も高価でよく出来た紡績機も、俺の血液の循環や神経や脳の神秘に対してはお粗末に作られていて、多くの人が維持するだけの価値のないものと思っているこの頭蓋骨が偉大で高貴な考えを捉え、もしかすると新たな発明を閃くことができることをじっくりと考えてみれば、何百万といえどもこの体内組織とは釣り合いが取れず、最も賢くて自負心の強い人間も人間組織をつくることができないことに笑ってしまうんだ。俺たちの頭が互いに押し合い、頭蓋骨が触れ合い唇をお互いに押しキスをしようとすると、編み合わされた人工的なメカニズムがどのように働いているのか、どのように困難を乗り越えたのか、骨と肉や皮膚とリンパ液や血液と湿気が互いにどのように作用し神経を働かせ、繊細な感性と未だ捉え難い精神をキスの喜びへと誘導させていくその仕組みを把握するのはほとんど不可能だ。解剖的な眼を注ぎ、輝く粘液や乳白色の細い管から眼差しの神々しさを見つけ出すために稀有で不思議で困難なものをじっくり見ることとなる」

「やめてよ、そんなことは全部神を信じない不埒な話よ」とクララは言った。

「神を信じないだって?」とハインリヒは驚いた。

「ええ、それ以外なんて呼べばいいかわからないわ。それは自分の学問を愛し、内部のものが覆われた見掛け上のものによって私たちを欺くものから引き離す、医者としての義務かもしれない。研究者もある美の欺きから別の欺き、それを彼はもしかすると知識や認識や自然と呼ぶかもしれないけど、へと陥るだけ。でももし単なる機知や厚かましい好奇心や嘲るような嘲笑が、美しさや優美さが捕われているそういった網や肉体の夢を壊ししてしまうなら、私はそれを神を信じない機智と呼ぶわね、もしそのような機智がどこにでもあると言うのならだけど」

ハインリヒは沈黙して内省をしていた。「お前の言っていることは正しいのかもしれない」としばらく黙った後にこう言った。「全て俺たちの人生を美しくするとされているものは、思いやりに基づいている。それによって全て高貴なものを穏やかな満足感において浮かばせ、愛すべき黄昏をあまりに強く照らさないで済むからだ。死と腐敗、滅びと消失は、精神が染み渡った、神秘的な生と変わらない。照らされた、甘い香りのする花を潰すんだ。そしてお前の手にある粘液は花でもなければ自然でもない。自然と存在によって寝かしつけられた神々しい意識ない睡眠状態から、詩的な微睡みから、俺たちは目を覚まし、妄想の中で真実の彼方へと探究しにいきたくないのだ」

「美しい言葉を思い浮かべることができないの？」と彼女は言った。

「そして人はただ『ここに私がいる』と言えるだけ。いたわってくれる友人は喜ぶだろうね！」

――「本当にそうだ！」とハインリヒは叫んだ！「信頼されている友人も、愛する者も、愛されている友人をいたわって愛し、人生の秘密を労りつつ一緒に夢を見る必要があり、互いの内にある愛は現象の欺瞞を破壊したいと思わないのだ。だが厚かましい輩もいるもので、そいつは真実の下で生き幾分かそれに敬意を表すという口実の下で、実際はいたわる必要のないものを所有するために友人を持とうとするのだ。そいつらはいつも単に劣悪な機智でいじくり回しながら、いわゆる友人へと穴を開けていくのだ。その弱さ、人間性、矛盾はそいつらにとって密かな観察の対象となる。人間の存在の基礎、俺たちの存在の条件はただとても繊細で静かに揺れ動くものであり、このファウスト的な同胞による厚かましい接触はただ弱さとしか呼ばれないものだ。人が最初その友人を崇拝し求めていた故のあらゆる徳や才能は弱さ、誤謬、愚かさへと間もなく変化していくのは必然であり、そしてついに高貴な精神が抵抗し不当な扱いをもはや耐えられないものとしたなら、粗暴で自惚れて頑固で独善的な言葉に従えば、彼は真実を耐え抜くためにはあまりに些少な存在だと感じる者なのだとして決してつなぎ合うことのないと言われた共通性はついに解消されることとなる。だがもしこれが自然や人々は愛や友情においても関係があるのなら、それは神秘的な対象、国家、宗教、そして啓示と何も変わらないものとなる。不当な扱いが各々ありそれが矯正される必要があるという洞察は、国家の秘密自体に触れてもいいという理由にはならない。もし人がこの力強く、超人的な組み合わせと任務に対する宗教的な畏敬を多重に出来ている共同においてのみ真実の人間になることができるという点で、またその掟と上層の人間や王や君主に対する神聖なる羞恥心を性急で大抵ただ思い上がっただけの理性の光の近くに引き寄せたいのなら、国家の神秘に満ちた啓示は無に、横暴になってしまう。教会や宗教や啓示とこの神聖な秘密は別の性質だろうか？ここにも、静かなたそがれ、いたわりの優しい感情が聖域の周りに漂っている。それは神聖で神々しい性質なのだから、才能もなく信仰能力もない感性に冷静な欺瞞として敬虔な布地を織り入れたり、弱き者の最上の感覚を誤謬に走らせるために否定という厚かましい機知によって照し出すことほど、安っぽいことはない。今日至る所で、神々しい影響の下でしか生じ得ぬ、細分化できない大きな全体を捉えることが喪失してしまったことは気付けないかもしれない。詩や美術作品や物語や性質や啓示では、ただあれやこれ、個々が感嘆され賞賛されるのが常だ。それが芸術作品なら、大きな全体の中のその個がより鋭く非難されるが、それが賞賛されるならそうなることも必然だ。だが激しい欲求と力を滅ぼすことはあらゆる才能と正反対であり、現象をその全体として理解するにあたっての能力を最終的に無力なものにさせる。いつも『否』と口にするのは、何も口にしていないのも同然なんだ」

かくして孤独で貧乏で、だが幸福な日と週が過ぎ去っていった。貧相な食事でかろうじて彼らは生活を送っていったが、彼らの愛に欠けているものはなにもなく、最も深刻に物質的に欠乏していたことも彼らの満足感を妨げることはなかった。だがこのような状態で暮らし続けるには、二人の奇妙な軽率さが必要だったのであり、それによって現在との瞬間全てを忘れることができたからだ。ハインリヒはいつもクララより早く起床した。そして彼のハンマーを打ったり鋸をひいたりする音が彼女に聞こえてきて、暖房のための木材の破片が炉辺に置かれていたことを見てとった。この割られた木材が幾時間経過すると今まで見慣れていたのとは全く別の形態や色合いや別の性質に変わったことに驚いた。だが彼女はいつもそこに木材の蓄えを見つけており、朝食とされる時間での会話や冗談やお話の方が遥かに重要だったので、ジロジロ見るようなことはすっかりやめるのであった。

日中の時間は長くなってくると彼は次のように語り始めた。「春の日差しが屋根の上を照らす」

「ええ」と彼女は言った。「私たちが窓を開き、腰を下ろして新鮮な空気が吸えるようになる時間もそんなに遠くないでしょう。外の公園の菩提樹の花の香を嗅いでいた昨年の夏はとても素敵だったわ」

彼女は二つの、土がいっぱいに入っていて花を咲かせようとする小さな植木鉢を持ってきた。「見て！」と彼女は続けた。「このヒヤシンスとチューリップが、もう駄目だと思っていたのに今こうして芽が出ているの。もしこのまま芽が伸び続ければ、私たちの運命がまたもっといいものになるのだという啓示だと看做すわ」

「だがクララ、俺たちに何の問題があるっていうんだ」とハインリヒは動揺した。「俺たちにはまだ火やパンや水が十分にあるじゃないか？天気も穏やかになっていくことは間違いないし、木材を必要とすることも少なくなっていき、夏の暖かさもその後に来るんだ。確かに売るものはもうないけれど、俺が何かを稼ぐための手段を必ず切り開いていけるんだ。俺たちが、あの老いたクリスティーネも、病気にならないような幸福だけを考えるんだ」

「でもあの忠実な従僕に対して私たちのうちの誰が責任を持てるの？」とクララは答えた。

「彼女のことをもう長い間見ていないわ。あなたは朝早くから、私が眠っている間にもう全部終わらせてしまうんだから。そしてあなたは彼女から買ってきたパンをもらうんだから、そして水の瓶もね。彼女が他の家族のためにも頻繁に働いていることも知っているわ。彼女は歳をとっていて摂る食事も貧相だから、彼女がこのまま衰弱していけば簡単に病気にかかってしまうわ。どうして彼女は私たちともう長い間会いにきてくれないのかしら？」

「まあ」とハインリヒは幾分か当惑した。それをクララは気づいたし、クリスティーネもいたら気づいたに違いなかった。「またなんかの機会が見つかるだろうさ、きっと。もうしばらく待とうじゃないか」

「違うわ、ハインリヒ！」と彼女は勢い強く叫んだ。「あなたは私に何かを隠しているわ、何かが起きたちに違いない。止めても無駄よ、私自身が今すぐにでも彼女のところに行って、彼女の部屋にいるかどうか、彼女が苦しんでいるのか、私たちに何かの不満があるか確かめてくるわ」

「お前はあの不幸な階段に長い間足を踏み入れていないじゃないか」とハインリヒは言った。「外は暗い、お前が転んでしまうかもしれない」

「ダメよ、私を止めてはならない」と彼女は叫んだ。「階段のことは大丈夫よ、暗闇の中でも道はわかるわ」

「でももう手すりも処分してしまったじゃないか」とハインリヒは言った。「当時はそれは余分なものだと思え、それがない今、お前が躓いて転落してしまうんじゃないかと心配なんだよ」

「あの階段のことは十分慣れてるわよ」と彼女は答えた。「楽に昇り降りできるし、今でも頻繁にあの階段を使っているんだから」

「あの階段に」と彼はどこか厳粛な様子で言った。「お前は二度と足を踏み入れないのだ」

「あなた！」と彼女は叫んで、相手の目を見るために彼の前で真っ直ぐ立った。「何を言おうとあなたの自由ですけど、私はすぐにでも走っていてクリスティーネのことを確かめるわ」

そして彼女はドアを開けるために振り向いたのだが、ハインリヒは急いで立ち上がって彼女を抱きついてこう叫んだ。「なあ、お前。首を折りたいのか？」

もう秘密にしておくことはできなかったので、彼はドアを自分から開けた。彼らは前庭に足を踏み入れて、一緒に進んでいる間に夫の方は妻をまだずっと抱きしめていた。そして下りていくための階段がもう存在しないのを見た。彼女は驚いて両手を叩いて、身を屈めて下を見下ろした。そして彼女は引き返し二人が鍵の掛けられた部屋にまた戻ったら、彼女は座り夫をじっと見るのであった。彼女の探るような目に対して彼は滑稽な顔を向けていたので、彼女は大声で笑い出した。そして彼女は炉辺の所に行き木材のうちの一つをその手にとって、周囲をジロジロ見渡してこう言った。「どうして加熱材が以前とはあれほど全く異なった形状をしているのかようやくわかったわ。階段の方も燃やしていたわけね！」

「そう、そうだ」とハインリヒは落ち着いた様子で言った。「お前がそれを知った今、それが合理的だということもわかってくれるだろう。そしてどうして俺が今までお前に隠していたのか自分でもわからない。どれほどあらゆる偏見を取り払ったとしても、どこかにその断片と、根底では子供っぽい偽りの恥がまだ残っているんだ！第一にお前は、俺にとって世界で最も信頼できる存在だった。二つ目はその信頼の十六分の一程度があの老いたクリスティーネに向けられていたが、そんなのは計算のうちにも入らない。三つ目は、冬はまだ厳しくて他の木材を調達することができなかった。四つ目は寒さの凌ぎになるものが笑えるくらい、最高で、最も堅くて、最も乾いて、最も役立つものが俺たちの足元にあったからだ。五つ目は俺たちは別に階段を使う理由がなかったし、六つ目は前からあったものは幾つかの残り物を除いてすでに燃やされていたからだ。だが、これらの古くて、曲がってしまい、堅い階段を鋸で切って割くのがどれほど大変だったかお前にはわからないだろう。あの木材はとても暖かくしてくれて、部屋が暑くなり過ぎているのではないかと思ったほどだ」

「でもクリスティーネは？」と彼女は訊いた。

「ああ彼女なら全然大丈夫さ」と夫の方が答えた。「毎朝彼女にかごを縛りつけたロープを渡した。それを俺が引き上げてその後は水甕も渡して、結果俺たちの家のことは全て問題なく平穏に進んでいったというわけさ。――俺たちの美しい手すりが終わりの方へと近づき、いまだになお暖かい空気が入ってこなかったら、その階段の半分を炉辺のために使うことができるのではないかと頭に思い浮かんだ。それは幅の厚い肘掛けのように贅沢で余分なものであり、単なる便利さのためだけの段が多数あったからだ。多くの家でしなければならないように、階段をよく取り扱う者なら段を全体の半分だけ踏むことによって上へと昇っていくことができる。クリスティーネは、彼女の哲学的精神ですぐに俺の主張の正しさを理解してくれて助けになってくれ、最も下の段を取り去り、さらにそれに続く形で彼女は三段目、五段目とどんどん取り除いていった。細工する仕事を終えると、俺たちの使っていた彫刻刀は立派なものに見えた。俺は鋸をひいては割き、お前は何も知らない無邪気な様子で以前の手すりでしたと時と同じように、巧みに効果的に段の木材で暖めたんだ。だが俺たちの割いていく仕事は終わることのない冬の寒さによって新たに妨げられる危険性が出てきた。以前の階段が炭鉱のような、石炭を一度に全て採掘できる鉱山のようなものであったのは何なんだ?そして俺は縦坑へと降りていって、老いた話のわかるクリスティーネを呼んだ。彼女は訊くこともなく、俺の考えを共有してくれた。彼女は一番下の段に立ち、彼女は俺を手伝うことができなかったから俺は多大な労力を払って第二段目を壊した。俺が四段目を任せたら、深淵の下にいるあの善良な老婆に手を差し出して、永遠の別れを告げた。何せ以前あった階段は互いを結びあわしたり、互いを行き来したりするとはもう決してないからだ。そして最後を大した労力も払わずに完全に破壊してしまい、まだ現存していた上の段へと続く段はそのままにしておいた。そして今お前は完成した仕事に驚いたんだ、俺の親愛なる子供よ。そして俺たちは今まで以上に満足していなければならないことを理解してくれるだろう。大体、お前の所にここまで来てメッセージを渡して、コーヒー会を開けるって言うんだ？いや、俺はお前がいてくれて、お前は俺がいてくれて十分だ。春が到来してくる、お前はチューリップとヒヤシンスを窓にかけてここで腰を下ろそう」

セミラミスの庭が我らに
雲へと昇っていくテラスの上で
多彩な夏の壮麗さの中笑い返す
戯れの噴水の水飛沫を上げながら！
その長い夏は我らに対して
楽園の愛の生を溶かしてくれよう！
あそこのテラスの最も高い所
暗く燃えている薔薇に覆われたそこで私は
お前の側に、我らの足元に座る
暑く日当たりの良いバビロンの屋根で

「俺たちの友人ウーシュリッツはここでの俺たちの状況を描写するためにこれを書いたと思うんだ。だってさ、ほら。俺たちが期待を馳せるように七月の日差しがまた注ぎ出せば、暑くて日当たりの良い屋根があそこにあるじゃないか。今ではお前のチューリップとヒヤシンスが咲いたのだから、ここには実際に具体的な、あのおとぎ話のようなセミラミスの庭園があるのであり、そして今あるのは実際のそれよりもさらに立派なものなんだ。だって翼を持っていない者は、大いに助けとなる手を差し伸べたり縄はしごを用意してあげなければこちらへ到達することはできないのだからね」

「私たちは本当に作り話のように生きている」と彼女は答えた。「とても奇妙に生きていて、『千夜一夜物語』にだけ描写されているような生き方。でも未来となるとどうなってしまうのかしら。だってこの未来とされているものはある時に私たちの現在となるのだから」

「ほら、心のこもった心よ」と夫は言った。「俺たち二人の中からまたお前は散文的な無味乾燥な存在となるんだな。聖ミカエル祭あたりでは、俺たちの不機嫌な家主があの遠い街へと旅をして、足の痛風のために医者の友人からの助けや療養を求めたりする。その頃は途方もないくらい裕福だったから、三ヶ月分の家賃だけでなく復活祭までの金を予め支払うことができて、それをかれはニヤリと笑いつつ感謝を込めて受け取ったんだ。だからイースターになるまでは彼のために調達しなければならないものは少しもなかった。本当に厳しい冬はもうすでに終わってしまい、木材を必要とすることはもうなく、極端な場合が起きたとしても俺たちには地面への四つの段がまだ残っていて、俺たちの未来は古いドア、床の板、屋根窓や多数の道具のあるあそこに安全に眠っているんだ。だから元気付けようじゃないか、愛しのクララ、そして俺たちが世界中から完全に隔離され、誰にも依存することなく必要とすることもないこの幸福を存分に味わおうじゃないか。これは賢い人間がいつも望んでいた状況そのものであり、こういった生活を実際に味わうことのできる幸運な人はどれほど少なくて珍しいことだろう」

だが実際は彼が思っていたものとは別のものとなった。というのは彼らがその日の貧しい食事について決定するや否や、その小さな家の前に乗り物がやってきた。ガチャガチャと音を立てる車輪の音や、荷車が停止してそこから人が降りてくる音が聞こえてきたのであった。もちろん奇妙に備えられていた屋根によって、二人の夫婦が一体誰があるいは何が訪問してきたのかを理解することを妨げた。荷物があることをはじめたくさんの音が聞こえてきて、ハインリヒはそれがあの不機嫌な家主で、予想していたよりも早く足の痛風の痛みが回復したのではないかという不安気な推測を抱いたのであった。

やって来た人が下の階に来ていることがはっきりと聞き取れ、それが誰なのかは疑問の余地がなかった。荷物も持ち込まれていて、様々な声を互いに掛け合い、近所の人に挨拶するのであった。ハインリヒは今日まだ戦わなければならないことは確実だった。彼は疑い深く下の階に聞き耳を立てて、唯一立てられていたドアに身を寄せ続けた。クララは彼に問いたげな眼差しを向けていた。だが彼は微笑みながら頭を振って沈黙したままでいた。下の階は完全に静かになった。老人は自分の部屋に戻ったのである。

ハインリヒはクララと一緒に腰を下ろしてどこか押し殺したような声で言った。ほんのわずかな人しかあの偉大なドン・キホーテのような空想量を持ち合わせていないのは実際は正しいことだ。彼の書斎を壁で塗り込めて魔術師が彼の書斎だけでなく部屋全体も同時に奪い去ったと説明したら、彼は即座に事の全てを何ら疑いを容れることもなく理解するのであった。彼はあの空間のような全く抽象的なものがどこに行ってしまったのかという質問をするくらいに無粋ではなかった。空間とは何か？無条件で、無で、直観の形態である。階段とは何か？条件付きな存在だが、独立した存在で、仲介物で、下から上まで行くための誘因でもあり、この上と下の概念自体もまたなんと条件付きのものだろう。老人はもはやそこの穴があるところにかつては階段があったと説得されても聞くことはないだろう。確かに彼は一般的な脚立の概念の貧相で無味乾燥な近似のために真の人間性や日常的な変化のより深い直観を必要とするには、あまりに経験的で合理的であった。私の高い見地全てから彼の低い見地をはっきりさせるにはどうすればいいのか？彼は今までの手すりの経験に基づいて、ある階段から別の階段をゆっくり上り知性の高みへと上がっていき、彼は我々の直接的な直観に追随することは決してできないだろう、我々が些細な経験と暮らし方の原則を打ち切り、最も純粋な認識をパールシー教の教えに基づいて、清浄で暖められた炎を用いて犠牲にしたその直観に。

「ええ、ええ」とクララは微笑み、ただ物思いにふけり冗談めいた様子であった。本当に不安なときはそういった態度を取る。

「決して」とハインリヒは続けた。「俺たちの理想としているものが悩ましい現実と一緒になることはない。地上なるものが常に精神的なものを軛の下に、支配下に置くのは一般的な見解だ」

「静かに！」とクララは言った。下の階ではまた何かが動いていた。

ハインリヒはまたドアの前に立ち少しだけそれを開いた。「俺の愛する賃貸者にもう一度会わないとな」と下にいる人間がはっきり言った。「奥さんの方は同様に綺麗で、二人ともいつも以上に健康で明るいといいのだがな」。「さあ」とハインリヒは言った。「あいつは問題にぶち当たるぞ」

少し沈黙が流れた。「老いた人間は黄昏の中でおぼつかない足取りで歩いた。「これはなんだ？」という声が聞こえてきた。「俺は俺の家の中なのによそ者になってしまったのか？ここにはない――あそこにもない――一体何なんだ、これは？――ウーリッッヒ！ウーリッッヒ、助けてくれ。

老いた従僕は小さな食堂にいたのだが、彼はそこから出てきてやってきた。「階段について助けてくれ」と家主は言った。「まるで魔法をかけられたみたいだ、あの大きくて幅の広い段を見つけることができない。何なんだ、これは？」

「ええしっかりしてください、エマーリッヒ様」と不機嫌な従僕は言った。「乗り物から降りて意識が幾分朦朧としておられるのですよ」

「さあここで」とハインリヒは言った。「とても予想していなかった仮説を立て始めるぞ」

「何だこれは！」とウーリッヒは叫んだ。「ここで頭をぶつけてしまったんだな。私もおかしくなってしまった。まるでこの家が私たちを拒んでいるかのようです」

「あいつは奇跡的な力を原因とするだろうな」とハインリヒは言った。人間の心の奥底では迷信を事の説明にしてしまうものさ」

「俺は右を触り、左を触る」と家主は言った。「上の方へと手を伸ばす——悪魔が運び去っていったんじゃないか信じそうになる」

「これまたほとんどドン・キホーテの繰り返しだな」とハインリヒは言った。「だがそんな説明で彼の推察能力が満足するはずはない。それは根本的には誤った仮説であり、その悪魔というのも俺たちが事物を理解できなかったり、怒りに駆られてしまうものとしてしばしば持ち出されるだけだからだ」

下の階ではぶつぶつ呟いたり、少しばかり呪ったりする言葉や、物分かりのいいウーリッヒが静かに灯されていた光を持ってきた音が聞こえてくるだけであった。彼は今それを強い拳で持ち上げて、空の部屋を照らし出したのであった。エマーリッヒは驚いた様子で上を見て、しばらく口を開けたまま驚きと恐怖で身を強張らせ、彼の肺が絞り出すことのできる最大限の声量で叫び声を上げた！雷雨がまただ！あれは私にとって忌々しい事故だ！火災殿！火災殿が上で！

もはや誤魔化すことはできずハインリヒは出ていき、深淵の上で身を屈めて揺らめいていた光の朧な輝きの中で、二つの悪魔に取り憑かれたような人影が玄関ホールで見えた。「ああ！エマーリッヒ殿」とハインリヒは好意的に下に向けて言った。「おこしいただきありがとうございます。あなた方が予定していたよりも早くお戻りになられたことはあなた方の繁栄にとって立派な兆候であります。そちらが健康でおられることを見られて嬉しく思います」

「忠実な僕！」と片方が答えた——だがそんな人間関係はここでは問題ではなかった。「お客さん！私の階段はどこに行ってしまったんですか？」

「そちらの階段は、尊敬するご主人」とハインリヒは答えた。「そちらの物事が私に何の関係があるというのでしょう。そちらは旅立たれる際にその階段を私に放棄なさったのではありませんか？」

「馬鹿なことをおっしゃらないでくださいよ」と片方が叫んだ——「階段はどこに行ってしまったのですか？私の大きくて、美しくて、頑強な階段は？」

「ここに階段はありましたか？」とハインリヒは訊いた。「ええご主人、私は少しだけことまたは全く何もなしで過ごしていくことができるのですから、私の部屋以外で生じたことについては何にも気づかないのですよ。私は本をよく読んだり仕事をしたりするのですが、それ以外のことについては全く気にかけることがないのです」

「ブランド氏、私たちは悪意が私の舌と言葉を窒息させたことを話しています」と片方が叫んだ。「だが私たちは全く別のことについて話しているんだ。あなただけが唯一の家の入居者だ。法廷ではあなたの行いが何を意味していたのかを申し立てなければなりませんよ」

「そう怒らないでください」と今度はハインリヒがこう言った。「ことの次第について興味がおありなら、私がそれを説明して差し上げます。今こうしてみるとかつてここには階段があったことを思い出します。そして私がそれを使い果たしてしまったことを白状しなければなりません」

「使い果たした？」と老いた男は叫び、足を踏み鳴らした。そちらは私の家を引きちぎるつもりですか？」

「とんでもない」とハインリヒが言った。「あなたは激情のあまり大袈裟に考えている。下の階にあるそちらの部屋は何ら傷ついていないし、上にある私たちの部屋も綺麗で誰にもいじられていない。ただ上の階に行くためのこの貧弱な梯子、ひ弱な足の支えとなる設備、劣等な人の退屈な訪問の助けとなる道具や本、厄介な侵入者がここに上がってくるためのこの梯子、それらは私の手筈と労力によって取り払ったんだ、本当に大変だったんですよ」

「でもこの階段は」とエマーリッヒは叫び上げた。「その高価で頑丈な肘掛けと、その樅の手すりで、その二十二の幅が広く丈夫で樅の階段は私の家において欠くことの出来ないものだった。こんなに歳を取っているのに、私の家の借主で家の階段をまるで鉋屑や付け木であるかのように消耗してしまうなんてあっただろうか」

「腰を下ろして頂きたい」とハインリヒは言った。「そして私の言うことを冷静に聞いて頂きたい。あなたの二十二の階段は今まで救いのない人間によって上られることは度々あって、その人は私から貴重な原稿を口巧みに手に入れて、自分が破産したことをその原稿に印刷し、そして去っていきました。別の本屋の主人が倦むことなくあなたの樅の階段を登っていって、その際の足どりを快適なものとするためにいつもその丈夫な手すりを身の支えとしていたのです」

「彼は行っては戻り戻っては行き私の当惑をひどく利用しながら、私のチョーサーの高価な初版を奪い取れるまでそれを繰り返したのです。そして最終的にそれを彼は二束三文以下の、本当に恥ずべき値段で腕に抱えて持ち去っていったのです。ご主人、もしそのような苦々しい経験を味わったなら、そのような輩が階段で上の階に行くのに過剰な安楽を感じさせたような階段なんて本当に好ましくは思えないものですよ」

「それは狂った考え方だ」とエマーリッヒは叫んだ。

「どうか落ち着いたままでお願いします」とハインリヒは少し大きな声で言った。「あなたは事のつながりを知りたいと仰る。私は騙されて裏切られたのです。我らのヨーロッパはとても大きく、アジアやアメリカをあてにすることもなく、誰も私に送金してくれる者はなく、まるで私の信用は全て蕩尽してしまい銀行は全て空になってしまったかのようだ。非常に厳しく容赦のない冬で木材を暖める必要があったのです。でも私には金がなく、通常の方法で調達する事はできませんでした。そういうわけでこのように借用してしまったのであり、それは強制された事とは呼べないものです。尊敬するご主人、その際あなたが暖かい夏の日よりも前に戻って来られるとは思っていませんでした」

「馬鹿な！」と主人は言った。「じゃあ貧乏人、あなたは私の階段が暖かくなればアスパラガスのようにまた勝手に生えてくるとでも考えていたのですか？」

「階段植物の性質については、私はほんの少ししかわかっておらず、それを主張するには熱帯植物についてもお粗末な知識しか持っていないのです」とハインリヒは答えた。「でも私には木材を極めて必要としていて、何せ私は外出は全くしていなかったし、妻も同じくらいしていなかったし、私から得られるものは何もなかったから誰も私の所へとやってくることもなく、なのでこの階段は人生において全く余分なもので、虚しい贅沢で、無用な発明品に全く属していたのですよ。多数の世界の賢者たちが主張するように、私の欲求を制限し自己を満足させるために、この全く無用な増築部分を身が凍えることから守るために活用させたと言うわけです。あなたは農民が空いた手で水を汲んではそれを飲んでいるのを見て、ディオゲネスが自分の木製の杯を放り投げたという話を読んだことは一度もないのですか？」

「馬鹿げた話をするものですな、あなた」とエマーリッヒは答えた。「私は鼻をパイプにくっつけて水を飲んだやつを見たことがありますよ。あなたの師匠ディオゲネスも手を切り落とすことだってできたじゃありませんか。——だがウーリッヒ、すぐに警察のところへと走れ。別のやり方で事を始末しなければならない——」

「どうか落ち着いてほしい」とハインリヒは叫んだ。「私のこの撤去の仕方であなたの家を根本的に改良したことをわかって頂きたいのですよ」

すでに入口のところへと行こうとしていたエマーリッヒは振り向いて「改良した?」と最高度の意地悪さで叫んだ。「それは、私にとって全く斬新なことだな!」

「事の次第はとても単純です」とハインリヒは応じた。「そしてそれは誰の目にも明らかなことです。あなたの家は火災保険にかけられているのではありませんか?そして今私は火災の事故に見舞われる悪夢を見て、ここで家の火事が起きたのです。私はこの家もまた同じ不運に見舞われるという確たる予感、いや事前知識と呼んでもいいでしょう、を持っていたのです。その際、木製の階段よりも不手際なものがあるでしょうか(この質問は建築に通じている人間にしています)?警察は似たような危険な建築物を即刻禁止するべきです。火というのは頻繁に来るもので、それもあらゆる街で頻繁に起こるものですからそういう悪用が起きるところでは木製の階段が最大級の災いなのです。短い間でここまたは近所で火災が生じることを確信した今、多大な労力と夥しい汗をかきながら、このみすぼらしく有害な階段をこの手で取り壊し、出来る限り不幸と害を和らげようとしたのです。そしてそれについてあなたが感謝してさえくれると思っていました」

「それで?」とエマーリッヒは上を向いて叫んだ。「私が長い間家を空けていた時、この綺麗好きな方が同じ嫌悪すべき理由で私の家全体を使い果たしたというわけだ。使い果たした!まるで家をそのように使い果たすなんてね!だが待て、お前!」――「警察はいるのか」と彼は戻って来たウーリッヒに尋ねた。

「私たちは大きくて石の階段を設置します」とハインリヒは下へ向けて言った。「そして尊敬すべき主人、あなたの宮殿は街や国家と同じくらいと言えるたくさんのものをそれによって獲得するでしょう」

「あんなふざけたやつとはもういい加減終わりだ」とエマーリッヒは答えて、多数の警察官を引き連れて来た指揮官の方にすぐに振り向いた。「警部殿」と彼は相手の方を向いて、「あなたはこのような襲撃について今まで聞いたことがありますか?私の家から大きくて美しい階段を取り壊して、炉辺の薪のように私が不在の間に焼き払ってしまうなんてね!」

「このことは街の年代記に記録されるでしょう」と指揮官は怒りっぽく言った。「そして綺麗好きなあいつ、階段泥棒は、牢獄か要塞に入れられるでしょう。これは泥棒よりもたちが悪いものだ!それに損害についても賠償されなければならない。こちらに降りてくるんだな、悪人殿!」

「決して降りないよ」とハインリヒは言った。「イギリス人には自分の家を城と呼ぶ権利があり、俺のこの家は全く侵入して制圧することは不可能だ。だって跳ね橋は取り上げてしまったからな」

「それはどうにかしよう！」と指揮官が言った。「おい、非常用の大きなハシゴをここにもってこい。そしてあなたはそれに上って引きずって来てください。もしあいつが反抗しようものならあの犯罪者を縄に縛り上げて、刑罰を加えます」

今となっては、その家の下の階は近所の人々でいっぱいになった。男、女、子供が騒動に引き寄せられて、多数の好奇心旺盛な人々が通りにやってきて、一体何が起きているのかを探りに来て、騒動がどうなってしまうのかを見ようとしていた。クララは窓の方に身を置いて困惑していた様子だったが、自分の夫が陽気な状態のままで事にも悩んでいる様子が殆どないのを見て、冷静を保っていた。でも最終的にはどうなってしまうのか彼女にはわからなかった。ハインリヒは少し彼女の方に来て、彼女を慰め部屋から何かを持ち出そうとした。彼は言った。「クララ、見るんだ、俺たちはヤクストハウゼンのゲッツのように今閉じ込められている。[8] あの嫌なラッパ手は慈悲と無慈悲に降伏しろと要求してきてそいつに答えを言い渡すつもりだが、それはあの時のような偉大な手本のようにではなく慎ましく応じるつもりだ」。クララは彼に好意的に笑い、少しばかり言うのであった。「あなたの運命は私のよ。でも私は父さんが今の私を見たら、きっと許してくれると思うの」

ハインリヒは部屋の外にまた出て、人々がハシゴを運び入れて来たのを実際に見たら、厳かな口調で言った。「皆様方、皆様方のやっておられることについてよく考えて欲しい。私はもう何週間も前から何を置いていても絶対に捕まらないと決心をしていて、血の最後の一滴まで守り抜くと決めています。ここには二つの双身散弾銃があり、どちらもしっかりと装填されており、さらにはこの古い大砲、危険な戦場用の散弾入り砲弾と細かく割れた鉛、砕かれたガラスやそれと同じような構成物がいっぱいあります。火薬、弾丸、砲弾、鉛、必要なものは全て部屋に積み重なっています。私が撃っている間、私の勇敢な妻、彼女は狩人としてそういったものに扱い慣れていますが、新たな弾を装填します。だからあなたがたが血塗れになる用意ができているのならぜひ進行して来てください」

「なんて困ったやつだ」と警察長官は言った。「あんな覚悟を決めて犯罪者をもう長い間見ていない。一体どういう外見をしているんだ。この暗い巣窟では少しも相手の姿が見えない」

ハインリヒは二つの棒と古い一つの長靴を地面の上に置いた。それは相手にとって大砲と双身散弾銃に違いないと思わせた。警察は合図をして梯子を運び去るようにした。「こうした方が最善かと思われますが、エマーリッヒさん」と彼は付け加えた。「あの不埒な輩を飢えに追い込ませます。それなら降伏するに違いありません」

「とんでもない！」とハインリヒは陽気な声で下方に向けて言った。「もう何ヶ月も乾いた果物や、スモモや、梨や、リンゴや非常用の乾パンでやってきたのですよ。冬はもう大分過ぎ去り、もし木材が不足しているというのなら、屋根裏部屋が上にあります。そこには古いドアや余分な床板、屋根の骨組みすらもあり、そこから必要なものを多数壊してとっていくことができるのですよ」

「あの不信心者を聞きましたか！」とエマーリッヒは叫んだ。「まずあいつは私の家の下の階の部分を引き裂き、そして今は上の階の屋根を引き裂こうとしているのですよ」

「こんなことは前例がない」と警察官は言った。多数の好奇心旺盛な野次馬たちがハインリヒの決断を喜んだ。というのもこの貪欲な家の所有者をそれによって苛ませたからである。

「装填された散弾銃を持った軍隊を呼ぶべきではありませんか？」

「駄目です！警部殿、そんなことは絶対にあってはなりません。そうなると最終的に私の家の床と地面が撃たれてしまい、あの反逆者たちをやっと制圧したとしても何も残らないのですよ」

「その通りですよ。そしてついでにここ何年もあらゆる新聞に載っていたことについて忘れてしまいましたか？最初の大砲の射撃は望んだところに直撃するのですが、それはヨーロッパ全土に騒乱を巻き起こします。あなたは、警察官殿、この小屋から、この小さな郊外の最も狭くて暗い通りから凄まじいヨーロッパ的な革命が巻き起こるという甚大な責任を担うことができるのですか？後世の人たちはあなたのことをどう思いますかね？あなたのその軽率さについて神と国王の前でどう申し立てるつもりですか？そしてそれでもあなたはここにすでに装填されて置かれている大砲を見ているのですよ、幾多の世紀に変革をもたらし得るその大砲をね」

「あいつは扇動家で秘密結社の一員だ」と警察長官は言った。「そう聞こえるように喋っている。彼は禁じられた組織に身を置いていて、その厚かましさを外からの助けをあてにしている。この騒々しくじろじろ見ている群衆の中にすでに彼の仲間を変装させた上で多数潜ませていて、俺たちが攻撃を仕掛けた時、背後から銃で殺しにかかることもあり得るのだ」

暇人たちが警察が彼を恐れていることを耳にしたなら、その不幸を喜ぶことを意味する大きな叫び声をあげて混乱はさらに大きくなった。そしてハインリヒは妻にこのように大声をあげた。「気を落とすなよ、ジッキンゲンは来ないにせよ、時間を稼いで確かに降伏して助けを得ることができるかもしれない」

「王だ、王だ！」今では通りから大きな叫び声が聞こえてきた。皆が後ろに飛び退いて、混乱していた。馬車が狭い通りで進んでいこうとしていたのだ。豪華な制服をきた従僕たちが後ろに立ち、輝いた御者が手捌き巧みに馬を歩ませていて、馬車の中から豪華に身を包み勲章と星を身に付けた紳士が出てきた。

「ブランド氏はここに住んでいるのではないですかな？」と身分の高いこの男が言った。「そしてこの人だかりは一体なんなのですかな？」

「彼らはここでですね、殿下」と小売商が言った。「新たな革命を始めようとしていて、それを警察が発見したのです。警護の連隊もすぐに呼び出されております、何せ反乱者たちは降伏しようとしないのですから」

「単なる一つの宗派です、閣下」と果物商人は言った。「全ての階段を不埒で余分なものとして撤去したいと彼らは思っているのです」

「違う、違う」と女性は口を挟むように叫んだ。「彼は神聖な聖シモンの血をひいていて、彼は全ての木材と全ての所有物は共同であるべき、非常用のはしごが彼を捕らえるためにすでに持ち出されているのよ」

よそ者がその家のドアから入るのは難しかったが、まるで全ての場所が彼のために用意されているかのようだった！老いたエマーリッヒはその人のところに行き、質問をした上で丁重な振る舞いで現状について説明し、あの大犯罪者をどのような方法で捕まえられるかについてまだまとまった意見が出ていないのかと訊いた。その見知らぬ人は暗い廊下の中にさらに深く入っていって、大きな声で叫んだ。「ブランド氏は本当にここで生活しているのですか？」

「ええ、ええ」とハインリヒは言った。「一体下で私に新たに質問されている方は誰なんですか？」

「梯子をここに！」とその見知らぬ者は言った。「そうすれば私に上がっていくことができる」

「そんなことは絶対にさせませんよ」とハインリヒは叫んだ。「見知らぬ人が私のところにきたところで探すものはないですし、誰も私をいじめたりさせませんよ」

「じゃあ私がチョーサーの作品をまた持ってきたら？」と見知らぬ人は叫んだ。「カクストン版で、ブランド氏がページに書き込んだやつですよ」「場所を用意しますよ、よき天使、見知らぬ人は上がってきてよろしい」――「クララ！」と妻に喜ばしい様子、だが涙を流しながら叫んだ。「我々のジッケンゲンは実際にやってきてくれたのだ！」と彼は叫んだ。「なんてことだ！」

見知らぬ人は家主と話し、完全に落ち着かせた。警察は解散され報酬が払われ、だが最も難しかったのは興奮していた群衆を遠ざけることにあった。そしてなんとかそれが終わると、ウーリッヒは大きな梯子を運び去って、身分の高いよそ者は友人の住処の上の階へと一人で上がっていった。

微笑みながらその見知らぬ人は小さな部屋を見まわし、丁重に女性の方に会釈をして奇妙に身を動かしているハインリヒの腕にもたれかかった。彼は一言しか喋れなかった。「アンドレアス！」と発した。クララは今、この救いの天使が彼の若い友達、たくさん話しくれたヴァンデメールだということを理解した。

彼らは喜びから、驚きから身を取り直した。ハインリヒの運命はアンドレアスを深く感動させた。そして彼は奇妙な困惑と一時助けてくれたことに笑い出さずにはいられず、そして再度クララの美しさに感嘆を覚えた。二人の友達はもっと若い時の光景を思い起こしては味わい、それに感情と感動を没入させることをいつまでも倦む事はなかった。

「それではちゃんと順序よく話そう」とアンドレアスは言った。「お前が俺に俺が旅立つ時に信託してくれた資本金は、俺がインドにいる時に途方もない額にまで増大し、今ではお前は自分を金持ちと呼んでも差し支えない。だからどこにどのように生きようと、お前は誰にも頼ることなく生きる事ができる。お前ともう一回すぐに会える喜びを味わいながら、俺はロンドンの土地にいって、そこで金銭取引をいくつか報告する必要があった。俺はまた古本の商人の所に赴いて、古本好きなお前が好むようなものを贈り物として用意したのだ」

「『見ろ』と俺は自分に言った。『誰かが、あの時お前のために贈った時同じ自己流のやり方で、チョーサーの装丁を施している』。俺はその本を取り上げて驚いた、何せお前のものだったからな。今ではお前について満足し、それどころかあまりに多くのことを知りすぎている。盗まれたのではなかったなら、生活に困っているからお前はそれを売り飛ばしたのだな。同時に、俺たち二人にとって幸運なことに、お前の筆跡で以前に書かれた紙が挟み込まれていて、そこでおまえは自分を不幸で惨めだとしながら、ブランドの名前で署名をして街、通り、そして住んでいる家が示されていたんだ。名前を変え身を変えてしまったお前を、もしこの貴重な本がお前について俺に知らせてくれなかったなら、一体どうしてお前を見つけることができただろうか。そういったわけでもう一度この本を二回目として受け取って大事にしておくれ、何せこの本は俺たちをまた一緒にさせてくれるという不思議な働きを階段のような存在なのだから。——俺はロンドンでの滞在を早めに切り上げて、ここに急いでやってきた——そして君主から八週間前にここに送られた使節から、お前が彼の娘を誘拐したということを知ったんだ」

「お父さんがここに？」とクララの顔は蒼くなった。

「そうですよ、慈悲深いお嬢さん」とヴァンデルメールは続けた。「でも驚くことはありませんよ。それに彼はあなたがこの街にいるなんてことは知りませんからね。――あの老いた方は今では厳しい態度を取ったことを後悔していて、我が身を嘆いて自分の娘の足跡が全くわからないとして絶望しています。とっくの昔に彼はあなたをお許しになり、心震わせながらあなたが彼から行方をくらましてしまい、全身全霊であなたのことを探ってもどこに行ったのか皆目わからないと私に教えてくださいました。――君がほとんどまるでテーベの隠者や塔登者シメオン[9]のように身を隠して暮らしていて、あなたの義父がほとんどあなたの近くに住んでいて、私も身を落ち着け君と和解できることを報せるためのニュースが君に届かないその理由がわかりましたよ。たった今私は彼のところからやってきたのですが、君と今日再会できる望みがあった事は伝えていませんでした。彼としては、君と娘を再度見つけ出すことはできたなら、君は以前あったキャリアに戻りたいとは間違いなく思わないから自分の財産で生きたいと願っていました」

全てが喜ばしかった。クリスマスの贈り物の子供のように、夫婦は立派に快適に再び暮らしていけるようになった。彼らは困窮の哲学を取り入れ、慰めと苦々しさを最後の一滴まで味わい尽くした。

ヴァンデメールは彼等を馬車でまず自分の住処に連れてそこで彼らをすぐに上品な服装で身

を包ませ、和解した父に彼らを案内した。あの老いた誠実なクリスティーネが忘れられていなかったことをわざわざ知らせる必要はない。彼女は自分の主人と同じくらい自分らしく幸福であった。

今となっては小さな通りに壁造り職人や大工や家具職人が働いているのを見ることができる。老いたエマーリッヒは家の修繕と新たな階段の建設を笑いながら監督していて、階段はハインリヒの忠告に反してまた木製のものだった。彼の損失はとても多額に十分すぎるほどに支払われ、老いた金の収集家はよく嬉しそうに手を擦りながら、自分の家にまた似たような冒険的な借主を受け入れたいと考えていた。

三年後、体を丸め気味で誇張した多数のお辞儀をするような老人が、豪華な馬車に乗ってやってきて、彼自身は新たな階段で小さな宿部屋に上がってきたが、今となってはそこは貧しい製本工が住んでいた。クララの父は亡くなり、彼女は夫と遠い地所から故人をもう一度見ようとやってきて、彼の祝福をもらおうとした。腕を組み合って彼らは今小さな窓に立っていて、再度赤と茶色の屋根を見たり、悲しげな防火壁にじっと目を注いだりした。そこは前のように日差しで照らされていた。彼女にとっての以前の悲惨でありながら同時に無限の幸福であったこの光景を目にしては心の最も奥底まで動かされた。――製本工は彼の、以前恥知らずにも貧しい人間から盗まれた作品の、第二版の仕事に従事していた。それはとても人気のある本であると彼は仕事中に述べて、もっと多くの版を出そうとしていた。

「友人ヴァンデメールが俺たちのことを待っていてくれている」とハインリヒは言った。そして手職人に贈り物を授けた後、妻と一緒に乗り物に乗った。二人とも人間的な人生の内容とその必要とするもの、その余分と不思議について熟考していた。

【注】

1　Shawm: ルネサンス期における木管楽器。原文では Sharmein 表記。円錐型の管で縦笛のような形状をしている。シャルマイ（Sharmei）はドイツ語での表現であり、英語ではショームと呼ばれる。

2　Sir Walter Raleigh (1554-1618): イングランドの廷臣、作家。プロテスタント寄りの人物で、カトリックを信奉したアン女王の時には身を隠したが、国教会のエリザベス一世が即位すると彼女の寵臣となった。新大陸に関心を持ちヴァージニア州への入植を行った。エリザベス女王の死後、自身の反カトリック的な立場をジェームズ一世に疎まれ、ロンドン塔に幽閉された。恩赦の後は新大陸に渡ったが、当地でスペイン人といさかいを起こし、死刑になった。

3　原文では Sine Baccho et Cerere friget Venus. 表記。ラテン語で記載されている。

4　シェイクスピア『テンペスト』を指す。

5　ステファノーとキャリバンはシェイクスピアの戯曲『テンペスト』における登場人物であり、同作のことをここでは指している。

6　紀元前七世紀ころにいたとされるアッシリアの王。歴史上は存在せず、複数のアッシリア王を合わせたとされているが、定かではない。バイロンやドラクロワによって題材にされたことで有名である。

7　Καρυάτις: 古代の神殿や宝物庫などの屋根と床の間に設置する、柱の役目を果たす女性の立像。原文では Karyatide 表記。近世においては暖炉の装飾などにも用いられた。

8　Götz von Berlichingen mit der eisernen Hand: 一七七三年にヴォルフガング・フォン・ゲーテが発表

した戯曲。自費出版であったが、史実に題材を取り、ドイツ中で大きな注目を集め、ゲーテを一躍有名にした。

9 Άγιος Συμεών Στυλιτεσ (390 頃 -459?): 四世紀キリスト教の聖人。塔登者は柱頭行者とも呼ばれる。修道士として二〇メートル近くの高さの柱の上に座して神に祈り、奇跡を行うようになったと伝承されている。

エピロゴス

ソクラテス：現実と夢というのは意外と区別がつかないものだと思える。

マテーシス：そうなのですか。

ソ：いやなに、哲学では意外とよくあるテーマだよ。我々が今こうして生きているこの人生は夢ではないかというね。人生というのは夢なのだということを描こうとした戯曲もあるし、全ての人間は眠りに入っていてただ哲学者が一番夢から覚めているのだ、という言葉もあるくらいだ。

マ：そうなのですね。それで、貴方はどう思われるのですか。人生というのは夢だと思っているのですか。

ソ：いや、私にも判断がつかないよ、それは。人生は夢なのだと言われても私にはそれを真っ向から否定することはできず、そう思うだけの理由もあるにはあるけれど、他方でこの人生で感じる痛みとか色々もまた現実的なもので、どうしても夢だとは思えないのだ。だから、人生は夢、というようなことを安易に主張したいとは思わないのだ。

マ：なるほど。

ソ：ただ人生というものには確かに夢のような要素があることもまた事実だろう。第一に我々の人生というのは短いものだ。宇宙は何千年も前からあり、これから先何千年と続いていくのに、我々はせいぜい百年しか生きない。無限の時の流れから見れば、それはあまりに儚いと言わざるを得ないものだ。

マ：確かに。

ソ：また時間の流れの残酷さは量という観点だけでなく、質という観点にもある。

マ：それはどういう意味でしょうか？

ソ：つまり時間はひいては世界は人間個人など省みないことだ。例えば手足を我々が突然切り落とされようとも、時間はただ無慈悲に流れていき、世界はわずかにも気にかけない。あるいは爆弾が落とされて街が一つ破壊されたとて同様だ。同じ人間として捉えれば重大事だとしても、それが時間や世界の観点から見れば何でもないことだ。世界は人間やその人生になど興味ないのだ。いや世界はもちろんのこと、同じ人間同士でも案外興味がないものだ。人間にどれだけ騒々しい騒ぎが起きようとも、所詮は他人事で、案外気にかけないものさ。最初はよその騒ぎに自分も心を向けたとしても、少し時間が経過すれば興味がなくなってしまうのが現実なんだ。このことを考えれば、我々の人生にはどこか夢のような性質が付与されると思っても決して間違ってはいないと思うがね。

マ：確かにそうかもしれませんね。しかしあなたの話を聞いていると、もしかすると人生は夢で、死ぬことによって目を覚ますという風にも思えてしまいます。

ソ：随分と面白いことを言うね。ただ君の意見はともかく、実際に「死」と「夢」には関係性があるのかもしれない。人間の究極の核となっているのは「生」であり、その対極に位置される「死」もまた究極の核と言っていいだろう。私が今しがた言ったことも考慮に入れれば、虚しく儚い「生」に重みをもたらすのはそれと同じ根源の「死」を意識することにある。つまり

「死」を意識することによって「生」が充実する、というものだ。

マ：死ぬ、ではなく、「死」を意識する、ですね。

ソ：そうだ。さっき、人間は他人のことにそんなに関心がない、というようなことを述べたが、案外自分自身にすら関心がなかったりするものだ。自分が加わっていた騒ぎも、それが収まりしばらく経てば、関心がなくなりそんな騒ぎなどなかったかのように振る舞う人も意外といるものだ。それに相応に時間が経過すれば、自分でもそんな騒ぎがあったのかと疑問に思う時もあったりする。特に若くて元気溌剌としている時は同じ年代の人とはしゃぎ回っていたりするが、あれから二十年くらい経過してもう四十くらいになるような年齢になり、良くも悪くもおとなしくなれば、この人間はかつて元気にはしゃぎ回っていた若い時なんてあるのだろうかと思ってしまうこともある。他人から見たときはもちろんのこと、自分でも、自分の中にあるあの若くて元気だった時代も、本当にあったのか、夢が拵えたものではないかと訝しんでしまう。

マ：本当の意味での、つまり睡眠している時に見るという点での夢と、思い起こす回想には共通点が結構ありますからね。どちらも今の現在にないものを頭に浮かべるのですから。

ソ：そうだね。もしかすると、人生は夢、というか朧気に思うのは、「生」が抜け落ちていくからだと思う。生まれてから人間の根源の「生」が横溢しているが、歳を重ねるにつれその「生」が抜け落ちていく。それによりどこか「夢」だと思うものが出てくる。だが抜け落ちていく「生」をどこか留めるものがある。それが「死」である。と言うより「死を意識すること」である。それが「生」に目を向けさせ、「夢」から覚ます。だから君の先ほどの「死ぬことは目を覚ますこと」と言うのは強ち間違いではないかと思う。

マ：しかし貴方の言っていることはあくまでも「死の意識」ですね。実際に死んだらどうなると思いますか？「夢」になるのでしょうか、それとも目覚めるのでしょうか。

ソ：そりゃあ、「生」が夢か現実かわからないのに、どうして「死」についてわかるかね？

訳者紹介
高橋 昌久（たかはし・まさひさ）
哲学者。
Twitter: @mathesisu

カバーデザイン　川端 美幸（かわばた・みゆき）
e-mail: bacxh0827.miyukinp@gmail.com

ブロンドのエックベルト、人生の余剰

2025年1月23日　第1刷発行

著　者　　ルートヴィヒ・ティーク
訳　者　　高橋昌久
発行人　　大杉　剛
発行所　　株式会社 風詠社
〒553-0001 大阪市福島区海老江5-2-2 大拓ビル5-7階
TEL 06（6136）8657　https://fueisha.com/
発売元　　株式会社 星雲社（共同出版社・流通責任出版社）
〒112-0005 東京都文京区水道1-3-30
TEL 03（3868）3275
印刷・製本　小野高速印刷株式会社

ISBN978-4-434-34731-3 C0098